# シェイクスピアの面白さ

*nakano yoshio*
中野好夫

講談社文芸文庫

# 目次

シェイクスピアの面白さ　五
あとがき　二三一
解説　河合祥一郎　二三四
年譜　二四二
著書目録　二四九

# シェイクスピアの面白さ

# 1

以下一連のこの雑文は、どこまでもシェイクスピアの面白さについて書くのであって、シェイクスピアの偉大さや深遠さについて書くのではない。言葉をかえていうと、シェイクスピアの哲学や思想について論じるのではなくて、ただもう芝居としての面白さについて書こうというにすぎない。（しかもこの場合、芝居とは、必ずしも現実に舞台の上で見られる芝居でなくてもよい。ヴァークナーの楽劇を楽しむ一ばんいい方法は、むしろ寝っころがって、両眼をつぶってあの音楽をじっと聴いている、そして頭の中で理想の上演を想像することだといったG・B・ショーの皮肉ではないが、ここでいうシェイクスピアの芝居というのも、めいめいがテキストを読みながら、それぞれ頭の中で上演させる舞台のそれであってよいのである。）また最後に、いわゆるシェイクスピア学者として書くのでもない。強いていうなれば、一人の素人読者として、彼の芝居の面白さに関して書いてみたいと思うのである。

もちろんシェイクスピアの芝居から、彼の人生観、哲学、宗教観、芸術観、等々といった、およそそうしたこちたき論議を引き出すことは当然できるし、そうして悪い理由も毛頭ない。だからこそ汗牛充棟のシェイクスピア学も成り立っているわけだ。だが、そもそもシェイクスピアが私たちに提出しているのは、まずなにを措いても The play's the thing なのであり、哲学も人生観も、すべては芝居という媒介を通じて表現されている。決してなまの思想としては出されていないのである。だから芝居としての面白さもわからずに、思想もへったくれもないのであり、その意味からすれば、シェイクスピアにはいる第一の門は、まず彼の芝居の面白さにとらえられることであり、あとはすべてそれからの話だといってよい、というのが私の独断である。

ところが、シェイクスピアがわが国に紹介されてから九十年近く（明治十年ラムの「シェイクスピア物語」からした「ヴェニスの商人」の翻案というのが、まず最初だろう。その前に「ロミオとジュリエット」の趣向を、四世鶴屋南北がその作の一つに取り入れたなどという説もあるが、とうてい信ずるに足りぬ）、歴史からいえば決して短いとはいえぬが、およそこれほど国民の中に根をおろさないものもなかった。（たとえば、自然主義文学やロシア文学が受け入れられたような意味で、ということである。）明治以来、故坪内逍遥博士の傾倒などもあって、シェイクスピア的ドラマトルギーによる新演劇創成の実践があったり、またその全集なども比較的早く完成されたにもかかわらず、従来どこまでシェイクスピアの面白さが面白さとして理解されてきたか、大いに疑問なしとしない。ところが最近なにかのニュースで、俳優座であったか――まちがっていたら失礼――一般看客に見たい外国劇のアンケートを求めたところが、シェイクスピアが第一位を占めたという統計結果の報じられているのを読んだ。事実とすれば、私などまことに意外な驚きであるが、それにしてもシェイクスピアが比較的芝居好きの大衆に理解され出したのは、せいぜいのところ戦後からではあるまいか。そしてそれは、あとでも触れる機会があると思うが、一つには現代の感覚に生きた新しい現代語訳がいくつか生れたこと、また一つには、それらの新訳によって、いわゆる旧来の歌舞伎伝統と切り離された、あくまで原作に即した新上演が行われるようになったことに由来するものであると、これだけははっきりいえるように思う。（わが伝統演劇である歌舞伎や、あるいは進んで能と、シェイクスピア演劇との類似ということは、もちろん十分研究の価値はある。だが、それはあくまで比較演劇の問題であって、単に類似というだけのことで、シェイクスピア劇の歌舞伎的解釈にまでもっていくのは、明らかに邪道と思えるからである。）

そんなわけで、日本におけるシェイクスピア理解がおくれたについては、私は次のような理由を考えている。一つは、かんじんの作品自体が読まれるより前に、まずシェイクスピアが曠古の大文豪だとか、またその作品が世界的古典などという余計な予備知識をもって叩き込まれたことであり、第二は、彼の作品があまりにも多く心ない英語教師たちによって、教室でテキストとして使用されたからに相違ない。およそどんな文学的作品でも、教室でテキストになったらおしまいであることは周知の通り。まことにそれはあの緑の牧場を枯草ばかりあさって歩く哲学者の愚かさに似ているからである。

が、第一の理由については、いま少し注釈の必要がある。およそ作品そのものが読まれる前に、まず文豪だの古典などと騒ぎ立てられることほど、作品にとって迷惑千万なことはあるまい。ところが、とりもなおさずそれが、この国ではシェイクスピアが受けた運命であったのだ。いまでも私は言うが、二十歳やそこら前の文学学生ではじめてシェイクスピアを読み、いきなり大傑作だなどと感想を述べる人間は、だいたいまず眉唾ものだと私は信じている。私自身の経験だけですべてを推す考えは、もちろんないが、それでもはっきり憶い出すのは、旧高校の三年のとき、「ハムレット」をはじめて原文で読んでえた感想は、正直にいって、傑作どころか、実はさっぱりわからなかったということだ。ただ妙に混沌とした読後感に圧倒されただけで、ほんとに小気味よく面白かったのは、あの第五幕の墓掘りシーンの道化問答だけだったことは、いまも手許にあるそのときの本の書後にはっきり書きつけてある。その後、英文科で教えるようになったとき、入学したてのある学生がひとり、私のところから「ハムレット」を借り出していった。しばらくして返しにきたとき、彼の語った感想をいまでもはっきり記憶している。なんです、支離滅裂じゃありませんか、というのだった。だが、これはいける。いずれきっとシェイクスピアがわかる男だ、と私は思った。果してこの学生は、いま傑れた英文学者であるばかりでなく、優秀な文学批評家になっている。たしかにある意味で「ハムレット」は支離滅裂なのである。近代劇や近代小説観からいえば、およそこれほど破綻だらけ、矛盾だらけの芝居もない。なんといおうと、それが「ハムレット」の一面である。それをきれいごとに、大傑作、大古典などと簡単に太鼓をたたくのは、つまりそのこと自体、文豪だの古典だのという余計な予備知識に災いされているといって誤りない。

そこで年来、そして現在もなお私の言いつづけていることは、こうである。つまり、はじめてシェイクスピアを読む読者は、彼が曠古の文豪だの、その作品が不朽の古典などということを、まず一切念頭から拭い去ってしまうがよい。そして誰か、せいぜい浅草あたりの大衆芝居の座付無名作者が書き下した新作をでも読むような、つもりで読むことである。面白くなければ、なんだ、つまらんと、そこはなんの気がねもなく投げ出してしまうがよい。そのかわり、もし少しでも面白いところがあれば、これはまた虚心に、率直に、ふむ、こんな面白い作家もいたのかと、発見の楽しみを味わわれるがよい。これがつまりシェイクスピアに近づく唯一の正しい第一歩だと私は信じている。

というのは、いまから三百五十年ほど前に、ロンドンであの三十何篇かの作品を書き下していたシェイクスピアは、なにも文豪として書いていたわけでもなければ、大思想家として認められていたわけでもない。一つでもつまらん作品を書けば、たちまち忘れ去られる運命をかけて書いていた座付作者の一人にすぎなかったからである。たしかに彼は、作品活動の初期からしてもっとも好評を受けた人気作家の一人であり、その名声は最後まで順調に維持された。だが、それはなにも文豪だからそうであったのではなく、一作一作が芝居好きの市民たち（その中にはエリザベス女王をはじめ貴族たちも含まれていた）に大きく受けたからにほかならない。

つまり、私の言いたいことは、私たちはシェイクスピアを死後のその偉大な名声によって読むのではなく、三百余年前、当時の看客が発見し、そして愛しつづけたその同じ目で、同じ心で、まずシェイクスピアを見よ。それがシェイクスピアへのもっとも早道、そして正しいアプローチだということである。そうやっていけば、これは少し私の独断、そしてやや押しつけがましいことになるかもしれないが、やがてきっとシェイクスピアの不思議な魅力は、諸君を捕えてはなさないに決まっていると言いたいのである。正直にいって、私などもまったくその一人だが、そうなればもう誰がなんといおうと、時代評価でどう変ろうと、諸君のシェイクスピア理解にはもはや動かない自信ができるはずである。

例の福原麟太郎氏が最近名評伝を物されたチャールズ・ラム、彼はシェイクスピアへの愛において、理解において、稀に見る深いものをもっていた一人だが、そのラムにこんな逸話がある。

若い人たちのある会合で、談たまたまシェイクスピア攻撃論に花が咲いた。おそらく古臭くてつまらんというのであったろう。ところが、ラム先生、黙って立ち上ったかと思うと、つとランプをとって、攻撃論の花形の顔にさしつけ、じっと無言で打ち眺めていたという。

さて面白さについて書くはずの稿が、思わぬ道草を食うことになってしまった。だが、私としては本題にはいる前に、ぜひこれだけは言っておきたかったのである。是非は賢明な読者諸君の判断にまかせるとして、編集者にはまことにご迷惑をかけて恐縮だが、以下次号には稿を改めて、いよいよ本題——つまり、シェイクスピアの言葉の面白さ、劇的技巧の急所、人間研究の秘密などについて、いささか私なりの理解を述べてみることにするが、但し、もう一度断っておくのは、これはいささかも学者の研究ではない。ただ一素人読者のシェイクスピアかぶれにすぎないということである。

## 2

十八世紀の半ばごろ、ヴォルテールなどが先に立って、にわかにシェイクスピアがフランスで高く評価され出したころであるが、主として彼等がシェイクスピア劇の新鮮さにとらえられたというのは、たとえていえばヴェルサイユ宮庭園に代表されるような、見事な対称、均整に設計された造園の完成美に対して、これはまた倒木もあれば、枯枝もそのまで、落葉さえ降りつもっているというようなこともあるが、それにもかかわらず、亭々たる大木がウッソウと繁っている、いわば自然林の豊富さというようなものに深く心を動かされたらしく思える。考えてみれば、それも当然であろう。ラシーヌ、コルネーユといったような、たしかに見事な完成美ではあるが、一方からいえば三統一など窮屈な法則にしばられた古典劇ばかり見なれていた彼等にとって、シェイクスピアの奔放さ、無法さ、しかしそれにもかかわらず、はちきれるような豊富さは、けだし別世界のような驚きであったに相違ない。だからヴォルテールなども、いくどかシェイクスピア劇の猥雑さ、矛盾、破綻などに強い抵抗を感じながらも、なお高い、そして新しい評価をあたえざるをえないという恰好であった。つまり、彼によれば「霊感に溢れた野蛮人」の作品というわけであった。

「ヘンリー四世」といえば、例のフォルスタフが登場するので有名な、二部にわたる史劇だが、私が特にこの芝居を愛する理由の一つは、フォルスタフという人物の性格像もさることながら、全篇に横溢するそれこそイキのいい言葉の豊富さにある。たとえばこの芝居で、ハル王子以下の仲間がフォルスタフに対して浴びせかける悪罵の語彙の豊富さ、警抜さ、それだけでも胸のすく面白さがある。あのいわゆる江戸っ子の痛快な啖呵、たとえば歌舞伎十八番の「助六」で、威勢のよい例の「鼻の穴へ屋形船を蹴こむぞ」式の啖呵をふんだんに聞かされる楽しさなどにも、ある意味では近いものかもしれぬが、とにかく「このドロンコ頭の、大飯くらいの、アンポンタンの、助平爺の、脂肪樽野郎が！」といった調子の悪罵が、よくもまあ尽きないものと思えるほど、いたるところ機関銃のように飛び出してくる。（以下、キザだから原文は省略、仮の訳文で引くが、意味にこだわる訳語では、とうてい原語の奇抜な生きのよさは出ていないことをご諒察ねがいたい。）

「ヘンリー四世」ばかりとはかぎらない。とにかくこの作者がひとたび調子に乗りだすと、それこそとめどない豊富さが警抜な造語になって溢れ出してくる。たとえば「じゃじゃ馬馴らし」の第四幕第三場、これは主人公ペトルーキオが裁縫師をどなりつけるところであるが、いきなり、「この無礼者めが！　ウソをつけ、この糸屑野郎の、指抜き野郎の、三尺野郎の、二尺野郎の、一尺五寸野郎の、八寸野郎の、一寸野郎の！　うぬ、ノミ、ウジ、冬のコオロギ奴！　よくも俺の家へきて、糸束なんぞふりまわしやがって、いばりくさったな！　往っちまえ、ボロ野郎の、切っぱし野郎！」（坪内訳）といった、まず調子である。さらにもっと激しいのは「トロイラスとクレシダ」の第五幕第一場であろう。これもまた毒舌屋のサーシティズがパトロクラスを前にして吐きかけるおそるべき悪罵であるが、「おお南方の腐れ病《やまい》よ、腹痛よ、脱腸よ、カタルよ、腎石病よ、痲痺よ、中風よ、ただれ目よ、肝臓腐れよ、見苦しい肺の病よ、ウミだらけの膀胱よ、坐骨神経痛よ、掌の焼けるような痛みよ、とても治らん骨ガラミよ、ライ病よろしくの終身皮膚病よ、この途方もない代物にとっついて、根絶やしにしてくれ！」といった調子。これなど、もはや必要の限度をこえて、むしろ作者自身が言葉の面白さに酔っぱらっているとしか思えない。

たかが言葉の遊び、悪ふざけ、とかたづけてしまう向きもあるかもしれない。だが、決してそれだけのものではないと私は思っている。イキのいい言葉の豊富さというものは、それだけで十分文学や芝居の面白さに通じているはずだ。漱石の「猫」や「坊っちゃん」の魅力は、多分にその言葉の生きのよさにかかっていることは周知の通り。オタンチン・

パレオロガスが、ほとんど一般市井の言葉にまで定着してしまったのは、なにもそれが東ローマ最後の皇帝コンスタンチン・パレオロガスをもじった漱石の機知を知ってそうなったのではなく、むしろ言葉のナンセンスそのものの面白さが理由であるに相違ない。

そしてさらに理屈をいえば、この遊びとも、陶酔とも思えるほどの言葉そのものへの興味は、ある意味でルネサンス文学の一つの特徴をなしているといってよい。大きくいえば中世の戒律的なもの、禁欲的なものから解放されたルネサンス的心情の豁達さというものが、こうした節度そこのけの言葉の饗宴になって溢れ出ているのである。だから、それは決してシェイクスピアだけの専売ではない。むしろルネサンス文学の特徴とさえいえる。

これも一例だけを挙げるが、ルネサンス的心情においてもっとも豊かな代表的作家といわれるフランスのラブレェ、その第一書「ガルガンチュア物語」の第二十五章を読むと、菓子パン屋の一行と羊飼いたちとの大喧嘩という一幕がある。ところでそのパン屋どもが羊飼いたちを罵る一節だが、渡辺一夫氏の訳文を拝借すると、「羊飼いらのことをば、余計もの、歯抜けのパクパク、赤毛の道化、助平の腎助だとか、寝小便小僧、ごろつき、音無ヤスリの猫かぶり、ぐうたら、へなちょこ、でぶ、大風呂敷、やくざの助、土百姓、青蠅、乞食野郎、大ぼら吹き、股袋に絹総《ふさ》かざりの若い衆、いかさま、怠け者、悪党、薄のろ、キ印、馬鹿殿様、ふざけたとんちき、自惚れ野郎、素寒貧のがたがた、糞飼いども、うんこ番人などと呼ばわり、その他これに類した悪口雑言を」わめき立てたとある。これまたさぞかし訳者渡辺氏は移植に難渋されたことであろうとお察しするが、なんと二十八にのぼる警抜きわまる罵言が、息もつかせずに飛び出してくるのである。

悪罵ばかりにこだわったように見えるかもしれない。だが、もちろんそれだけではない。シェイクスピアが、その初期、ないし中期の早いものと推定される作品の中で、駄ジャレ、悪ふざけをも含めて、いかに彼が洪水のように湧き出る言葉の豊富さ、奔放さに酔っているかは、少しでも作品に当ってみるならば、すぐにもわかるはずだ。たとえば「ロミオとジュリエット」に見るマーキューシオの饒舌、例の乳母がふんだんにまきちらす所かまわぬ猥雑なおしゃべり。「十二夜」でサー・トビー・ベルチを中心とする悪ふざけ、また「ヘンリー四世」第二部冒頭（第一幕第二場）で、フォルスタフが法院長の訊問を煙にまいて空とぼける立板に水の能弁など、これをもし現代語でやれば、クレージー・キャッツのアチャラカ・ナンセンスくらいはだしといった怪弁ぶりである。一口にナンセンス、アチャラカというが、ほんとにすぐれたナンセンスが書けるということは、きわめて稀有な演劇的才能といわねばなるまい。たとえば近世演劇の豊富な源流になったといわれる例のコムメディア・デ・ラルテのごときは、いわばもっともイキのよい言葉、言葉、言葉の口ダテ即興劇にすぎなかったことを忘れてはなるまい。

たしかにシェイクスピアは、それらを高い演劇様式に昇華した。だが、昇華したということは、決してそうした演劇の豊富さを清算し去ったことではない。現に後期の円熟、完成された諸傑作の中でも、ひとたび羽目を外すと、たちまち場所柄をわきまえぬ饒舌になり、猥雑になる。「ヴェニスの商人」第二幕第二場を読むと、バッサーニオとポーシアの良縁が整った瞬間に、突如としてグラシアーノが露骨きわまる駄ジャレを飛ばす一件りがあるし、「オセロ」第二幕第一場にいたっては、夫オセロの死生さえさだかでない深憂の場面であるはずなのに、新婚の妻デズデモーナとイアゴーとが、まことに猥雑がましい応酬をやっている。ことに後者のごときは漱石などでさえ、果して「不自然なることがわからぬほどに面白い冗談」であるかどうか疑わしいとして、明らかに不快だという印象を語っているくらいである。

もちろん、シェイクスピアの場合、言葉の面白さ、豊富さだけが彼のすべてでないことはいうまでもない。だが、くりかえしいうが、彼の芝居の面白さというものは、こうした、ときには一見節度をこえた言葉の氾濫、悪ふざけともいえる猥雑さを含めてまでのハツラツたる生きのよさにあることを忘れてはなるまい。

但し、断っておくが、シェイクスピアの面白さがつねにそうした無節度に近い奔放さにあるというのでは、もちろんない。むしろ逆に、いわゆる急所ともいうべき場面になると、これはまたいかに簡潔で、しかも暗示的な抑制――多少誇張していえば一語の増減もゆるさないような緊密、的確な手法を見せていることはいうまでもない。それらの実例については、いずれ続稿でいやでも触れることだから、ここでは例示を省略するが、要するに四百年来、不朽の名舞台になっているような場面は、すべてそうした芸術的抑制の見せ場といってよい。とりあえずここでは一例だけを挙げておく。たとえば「マクベス」第二幕第二場、ダンカン王暗殺直後の場面から、そのあと直ちに第三場、酔いどれ門番の登場へとつづく連続《リエゾン》である。時間も一瞬その流れを停めたかに見える緊迫から、一挙に弛緩の道化的一コマにつづく心理的緊張の転換、それはまさに一語の修正もゆるさないほどの抑制、節約の上に立って構築されているといってさしつかえない。

## 3

前節ではシェイクスピアの饒舌ぶりについて書いた。しかも、そうしたときにはハメを外したかにさえ見える饒舌ぶりが、りっぱに演劇性をもっており、またルネサンス精神の一面を横溢させていることをいったつもりだ。（ただ枚数にかぎりがあり、実例を挙げ足りなかったことは残念だが。）が、同時にその反面、ひとたび緊迫した心理的危機や劇的集中の場面が要求されるとなると、これはまた打って変って彼の筆は、もはやこれ以上一語の節約もゆるさないほどの抑制、簡潔さを示していることも、最後にちょっと触れておいたはずである。そしてその一例として挙げたのが、「マクベス」第二幕の第二場から第三場へつづく一コマであるが、幸い枚数の余裕ができたから、多少もっと具体的に説明してみたい。

第二場は、いうまでもなく深夜の城内中庭。マクベスが、ダンカン王を己が居城に迎えて弑逆を実行した直後である。成否をきづかうマクベス夫人が城の中庭かとおぼしい場所で夫のもどりを待ち受けている。両手を血に染めたマクベスが出る。そこで以下、

**マクベス**　やっちまった——なにか聞えなかったか？

**夫人**　梟が鳴いたわ。それから、こおろぎも。あなた、なにか言わなかった。

**マクベス**　いつだ？

**夫人**　つい今よ。

**マクベス**　降りてくるときにか？

**夫人**　ええ、そう。

**マクベス**　シーッ！　誰だ、次の間に寝ているのは？

**夫人**　ドナルベインよ。

**マクベス**　（血まみれの手をながめながら）ああ、情ないこの手！

**夫人**　なんてこと考えるのよ、情ないなんて。

**マクベス**　一人が寝台で声を上げて笑った。すると、もう一人が、「人殺し！」と大声に叫んだ。で、二人とも眼をさましやがった。おれはゾッとなって、耳をすました。だが、二人ともお祈りの言葉を言ったかと思うと、またすぐ寝ちまった。

といったような、呼吸をのんだような短い、スタカットー風の対話にはじまり、そのあとマクベスは、その二人の一方が「神さま、お慈悲を、アーメン」と言ったのに、自分にはどうしても「アーメン」という唱和が咽喉につかえて出なかったとか、またあの有名な「マクベスは眠りを殺した。もう二度と眠れないぞ！」という、幻聴とも思えるような声を耳にしたことを告白する。それに対して、夫人の方は、相変らず「死んだ人間は絵も同然、こわがるのは子どもだけだ」といった調子の強気で夫を勢いづけるばかりか、犯跡をごまかすために、女だてらに凶行直後の寝室に平気ではいってゆく。そんなことで五十行あまりの対話、独白がつづくのだが、その間に両三度、なにか冥府からのおとないとでもいったようなノックの音が不気味にくりかえされる。

そして第三場（といっても、もちろんリエゾンで、そのまま第二場からつづくわけだが）になるのだが、扉を開けて現われるのは酔っぱらいの門番、つまり道化である。

**門番**　へっ、やけにノックしやがるじゃねえか。これが地獄の門番ならよ、夜じゅう、鍵のまわし放しってとこじゃねえか！　（またノックの音）また叩きやがる、トン、トン、トンとくら！　（下略）

といった工合で、なかば呂律のまわらない管まきめいた独演が長々とつづくのである。

例の「阿片飲用者の告白」などを書いた十九世紀作家ド・クインシーに、このノックと門番の場面を扱った有名なエッセイがある。要旨をいうと、看客、あるいは読者は、先に挙げた第二場、そこでは、いっさいの人間的なものが扼殺されて、すべてが悪魔的な非情さに石化されたかにさえ思える緊迫の中で、あたかも日常的な生の流れ、いや、時そのものまでが一瞬停止してしまったかのように見える。だが、やがて数分、たちまち崩れ落ちるように、この日常的な、あまりにも日常的な酔っぱらい門番の管まきになる。人はふたたび生の鼓動の感覚を、ホッとした感じでとりもどすというのである。

まことに浪漫的な印象批評といえばいえる。だが、古来名場面と評せられるこの一コマの劇的効果を見事にとらえたという点では、いまでも十分うなずかせるものがあるはずだ。ところで、この場面を見て、あるいは読んで、いつも私の思い出すのは、観阿弥つくる能の名作「道成寺」のある場面である。もちろん内容はちがうといえるかもしれぬが、ほとんど同じ劇的効果の急所を見事に出している点で、まことに東西演劇的天才の暗合を見るかのように思えるからである。（断っておくが、カブキ所作事の「京鹿子娘道成寺」ではない。これは素材こそ同じだが、およそ似ても似つかぬものだから、念のために。）

「道成寺」は、いうまでもなく男に裏切られた女、この場合は白拍子の執念が、ついに生きながら大蛇と化し、道成寺鐘楼の鐘を巻いて湯にしてしまうという物語である。ところで能では、見知らぬ白拍子が現われて、鐘の供養に一さし舞いたいという。ゆるされて舞になり、例の「花の外には松ばかり、暮れそめて鐘やひびくらん」の次第謡がおわると、長いいわゆる「乱拍子」というのになる。それがすんで、短い対唱があると、つづいてすぐ「急の舞」のはげしい舞になり、さらに急調子の地謡とともに、「思えばこの鐘恨めしや」と、アレヨアレヨというまに竜頭に手をかけ、ひきかずいて失せたということで、いわゆる鐘入りになることは、周知の通り。

そこで乱拍子から鐘入りまでだが、時間にして、乱拍子の踏み方にもよるが、まず優に十五分か二十分はかかるだろうか。乱拍子は、執念と化した女が鐘を見こんで、高い鐘楼の石段をのぼるアクションの様式化、象徴化という解釈もあるようだが、それはとにかくとして、この息つまる緊迫感は、とても文字で表現することは不可能であるかもしれぬ。舞台も見所も水を打ったような沈黙。シテは無言、ハヤシは小鼓の一調だけ、聞えるものは間遠なその鼓の音と、裂帛という言葉はこのときのためにつくられたかと思えるような、はげしい掛け声。(あとで血尿が出ることさえあると、職分の人から聞いたことがある。)しかもシテの動きは、あたかも肉体を彫り上げた像といった方がいいくらい、これ以上節約の余地はないほどに抑制された動きだけで、そして踏み終ると、一転して急ピッチのはげしい舞になり、あと秘伝ともいうべき瞬間の呼吸で鐘入り、そしてそれが落ちて中入りになるわけであるが、乱拍子からここまで、これは一度でも見た人ならばわかってもらえると思うが、生の流れ、いや、時間そのものさえがしばし流れをとめたという形容が、まさにそのものズバリというところではあるまいか。

ところで問題はそのあとである。鐘が落ちたと見ると、たちまち間髪をいれず、橋掛りにひかえていた狂言方二人、つまり、道化が、おそろしや、おそろしやとばかり、本舞台へまろび出て、狂言調でそのおそろしさを饒舌にしゃべりはじめるのである。瞬間、見所からは、必ずといってよいほど、ホッとした弛緩のタメ息とざわめきが起る。停止していた生の鼓動が、時間の流れが、ふたたび平常にもどるのである。

もちろん能とシェイクスピア劇は同じでない。だが、演劇的天才のつくり出す劇的効果の秘密には、その様式の相違にもかかわらず、期せずして共通するものがあることを言いたかったのである。

あるいはそれが言いすぎならば、少くとも上述「マクベス」のいわば眼目シーンの見事な演劇性を味わう上に、いま長々と書いた「道成寺」の一コマは、きわめて暗示的な手がかりを提供してくれるように思うのである。しかも、それらがいずれも、前号で書いた野放図な饒舌、言葉の遊びとはうってかわり、禁欲的ともいうべき厳しい言葉の節約をもってなされていることも見のがしてならないであろう。

そして名場面と古来挙げられるものは、すべてそうした芸術的抑制を見事に示している。ひとつ、少しちがった例を挙げておこう。「リチャード二世」からである。この悲劇は、美しい心情の持主ではあるが、優柔で、王者の材でないリチャード王が、冷徹な策謀家である従弟のボリンブルックのために王位を追われ、刺客の手に倒れるまでの話だが、その第五幕第二場、勝者のボリンブルックが、昨日にかわる囚われのリチャードをしたがえて、ロンドンを凱旋行進する光景、それを目のあたりに見たヨーク公が帰って妻に語る一節である。

**ヨーク**　群衆はいっせいに「ボリンブルック万歳！」を叫ぶ。その中を奴は、悠然と駿馬をうたせてすすむのだ。まるで窓という窓が叫び出したかと思ったろうな。老いも若きも、まるでかつえたような顔をして、窓から首を出して、奴を見る。壁という壁は、奴の画像でいっぱいさ。そして「主よ、王をまもりたまえ！　ボリンブルック歓迎！」とわめきたてる。奴も奴さ、帽子をとって、左右をふりかえりながら、馬の首よりも低く頭を下げては、「諸君、ありがとう！」の連発さ、まあ、そんな風で通って行った。

**夫人**　まあ、お気の毒に、リチャードさまは、どうしていらっしゃいました？

**ヨーク**　なに、人気役者の退場したあとの舞台と同然さ。次に出る役者になど目もくれやしない。頭から退屈だときめてかかってるんだな。いや、もっとひどい蔑《さげす》みの眼でもって、冷たく眺めていた。万歳をいうものもいなければ、お帰りなさいと歓迎の言葉をかけるものもない。それどころか、昨日まで王であった頭めがけて、塵芥《ちりあくた》を投げる奴までいる。だが、リチャードは、悲しげに、そっとそれを払いのけるだけ。だが、さすがに顔には、悲しみのしるし、忍従のしるしというか、涙とほほえみとが、たえず闘っているように見えたな。

もともと「リチャード二世」という芝居、アクションが乏しく、あまりできのよい作品とはいえないのだが、この一節だけはなかなかに捨て難いものがある。「事件」を陰にまわして、「語り」にしたのもよい。人の栄枯に対する群衆の軽薄さ（シェイクスピアは、「ジュリアス・シーザー」でも「コリオレーナス」等々でも、しきりに民衆への不信を強調しているのは注意に値する）というものが鮮かに出ていると思うし、おまけに、それぞれほんの数行でリチャードとボリンブルックという二人の人間の性格を、ピタリと浮彫りにしているのも見事だと思う。妙に心に残るシーンである。（なお原文は、散文でなく、詩であることも忘れてはなるまい。）

## 4

**ポローニアス**　何をお読みでいらっしゃいます、殿下?
**ハムレット**　言葉、言葉、言葉さ。

「ハムレット」第二幕第二場で、ハムレットがポローニアスを手玉にとる有名な場面のキッカケになる一句で、しばしばお馴染みの引用句になっていることは、すでにご承知の読者も多かろうと思う。つまり演劇そのものが、多分に言葉、言葉、言葉の芸術であることはいうまでもないが、とりわけシェイクスピアの劇、それも古い版で読むほど、ト書の分量は極端に少い。役者の動き、アクションに対する最小限の指定しか示されていない。あるものはただセリフ、セリフ、そしてセリフだけなのである。(現代版のテキストには、かなり多くのト書のあるものもあるが、それらすべて後世の編者が、読者の便宜のために

つけ加えたものにすぎない。〉

戯曲は出版して売れないものという一種の定説がある。なにも日本だけに限ったことではないようだが、その原因の一つは、たしかにこのことにあるように思える。小説は売れる。だが、その理由は、小説には、ときに痒いところに手がとどくほどの心理説明がはいる。が、戯曲には、原則としてそれがない。心理の理解は、読者が想像を働かせてセリフの行間や語句からくみとるしかない。その面倒さが読者たちを戯曲から遠ざけるということも大きな理由の一つに相違ない。具体的に一つ例をあげてみよう。

トルストイの「戦争と平和」のごくはじめの方に、主人公アンドレイ公爵が妻リーザを置き去りにして軍隊へ行ってしまうのを、妻がこぼす場面がある。その一節だが、

〈リーザ!〉アンドレイ公爵はただそう言ったきりだった。が、この言葉には、懇願も、脅しも、そしてさらに大事なこととして、彼女自身がこの言葉をかならず後悔するぞ、という確信が含まれていたのだった。

そしてまた二十行ばかりすると、またしても、

〈リーザ〉アンドレイ公爵は、忍耐にも限度があるぞということを示す程度にまで語調

をあげて、ぶっきらぼうに言った。

とある。なるほど、これだけの説明があれば、いくら想像力の乏しい読者であっても、二つの〈リーザ〉という呼びかけの含意もほぼ区別し、理解することもできよう。ところが、戯曲の場合となると、もちろん、これが両方とも、まるで木で鼻をくったような、〈リーザ！〉〈リーザ〉という二行だけになってしまう。せいぜいのちがいといえば、！のあるなしくらいのことで、あとはすべて読者が想像で心理の動きを補うしかない。

かつてある西欧の名優は、yesというたった一つの言葉の抑揚、高低次第で、優に三十何通りだかの心理を表現してみせると豪語したそうである。だが、それはあくまで舞台上での話で、戯曲テキストになってみれば、すべてが一様に同じ活字のyesばかりで、まさか活字の変化でその三十通りを区別して印刷するわけにはいくまい。

これはたしかに活字になった場合の戯曲の弱味といえよう。だが、ひとたび立場をかえて考えてみると、むしろそれだからこそ戯曲は面白いのである。およそこれほどわたしたちの自由な空想を楽しませてくれるものはない。ひとたび戯曲の楽しみに魅せられたものが、おそらく一生取り憑かれて離れられないのも、理由は明らかにそこにあるはずだ。そしてその典型的なものがシェイクスピア劇だと筆者は信じている。

さて前置きが長くなったが、この辺で具体的にシェイクスピア作品にはいっていこう。
お馴染みの「ヴェニスの商人」第一幕第三場は、冒頭まず次のような対話ではじまっている。

バッサーニオとシャイロック登場。

**シャイロック** 三千ダカット、ふむ、そこで？
**バッサーニオ** そう、期限は三月《みつき》。
**シャイロック** 期限は三月と、ふむ、そこで？
**バッサーニオ** さっきもいったように、それにはアントーニオが保証人になってくれる。
**シャイロック** 保証人はアントーニオと、なるほど、そこで？
**バッサーニオ** 貸してくれるかね？ きいてもらえるのかね？ 返事はどうなんだ？
**シャイロック** ええと、三千ダカット、期限は三月、それでアントーニオが保証人だな。
**バッサーニオ** だから、その返事だよ。
**シャイロック** いや、アントーニオ、あれはいい男だ。

**バッサーニオ**　そうでないという話でも聞いたというのか？

**シャイロック**　おっと、いや、いや、いや、わしがいい男だといったのはな、あの男ならまず大丈夫だという、その意味でいったまでのことさ。（下略）

ざっと読み下せば、まことに他愛ない対話である。原文で読んでも、せいぜい中学三年程度の英語の難しさにすぎない。だから、教室の講読などでも、こんなところは、わかりましたね、別に質問もないでしょうくらいで、サッサと読み流してしまうにきまっている。ところが、もしこれを演劇的に読むということになれば、どうしてアホダラ経でも読むみたいに読み飛ばしてしまえる対話ではない。さっきもいった、もしわたしたちが行間に想像をたくましゅうして読むならば、たいへんなこれは数行なのである。

まずはじめに読者は、あの不朽の性格シャイロックが、この芝居ではじめて顔を出す最初の一瞬であることを忘れてはならない。ところで、わたしたちは、この芝居があまりにも有名になりすぎたために、すでに登場前から、いや、もっと正確にいえば、読みも見もしない前から、シャイロックという男が稀代の守銭奴、金にかけては眼のない男だという予備知識を、多くの場合もっているのだが、これがまことに困るのである。そこでわたしたちは、(1)にも書いた、この芝居を古典の名劇として見るのでなく、ただどこかの無名作家がはじめて書き下した芝居くらいの気持で接する心構えがまず必要になってくる。つまり、いったい、これからどんな芝居が展開するのか、シャイロックがどんな人物だか、そんなことは一切知らなかったはずのこの喜劇初演当時のエリザベス朝看客の立場に立たなければならないのである。(当時、豪華な解説つき筋書プログラムなどがあったとは、とうてい考えられないからだ。)

そしてその立場に立って読むということになれば、上に引いた一節は、実にすばらしい数行であると、筆者は思う。あえて蛇足的解説をつけ加えてみたい。

さて芝居に一人の新しい人物を登場させるとすれば、作者にとって第一になすべき仕事は、できるだけ早いうちに、まず看客の頭にはっきりその人物の性格像を刻みつけることでなければならぬ。主人公などならばなおさらである。そこでシェイクスピアは何をしたか? まずシャイロックは、相手方の申し出る条件を、一つ一つまるで噛みしめるように反芻する。そしてバッサーニオがせきこんで返事を促すにもかかわらず、彼はあらゆる条件を、もう一度自分に対して念を押すかのようにくりかえす。このとき、シャイロックの胸に去来していたものは何か? もちろん周到な金利の計算、そして保証人たるべきアントーニオの信用状態であったにちがいない。そして再度の返事督促にも、まだ彼は直接答えるのでなく、卒然として「アントーニオはいい男だ」とまことに奇妙な答えを返してくる。おどろいて反問するバッサーニオに対して、なんとシャイロックの答えは、いい男(good man)とは大丈夫(sufficient)な男で、金があって支払能力のある人間という意味にすぎない、というのだ！

こと金の話となれば、こんな風に周到に馬鹿念入りにダメ押しをする。しかも彼にとっての善概念とは、決して道徳理念によるそれではなく、一に金であって、払うべきものは払える能力如何にあったのである。もし読者の友人の中に、こんな人間がいたとすれば、読者はどう彼を考えるだろうか？　金にかけては油断のできぬ恐るべき男と、おそらく一瞬にして、判断を下すにちがいない。その通りである。注意してほしいが、シェイクスピアは、ただの一言だってシャイロックは守銭奴などと説明はしていない。だが、この数行、舞台で見ればほんの二十秒とはかからない時間だろうが、それだけで物の見事にシャイロックの性格を定着させている。しかも説明によってではなく、シャイロック自身の言動を通じて、おのずからに自己露出をさせているのである。シェイクスピアの人間描写の面白さは、こんななんでもない対話の中で見事に発揮される。そしてそれを味わう秘密は、わたしたち読者または看客の想像力にあるのであり、こうした一見平凡な一節を注意深く見のがさないところに、シェイクスピア鑑賞へのきっかけがあるのである。

かつて演劇の言葉として、mot d'esprit に対するものとして、mot de caractère、またはmot de situation と呼ぶものを挙げた演劇学者がある。前者は、オスカー・ワイルドの喜劇などにふんだんに出る、それだけを切り離して取り出しても、機知に溢れたいわゆる「警句」のことである。それに対して後者は、言葉そのものは平凡で他愛もないものかもしれぬが、ある特定の性格の口から、ある一定のシチュエーションの中で発せられるとき、俄然深い演劇的意味を帯びて輝き出すセリフのことである。演劇の言葉として大事なのは、多くこの後者であるというのである。事実、傑れた劇作家はしばしばこの mot de caractère、ないし mot de situation を見事に生かしているというのだ。

そういえば、シェイクスピアもしばしば見事にそれをやっている。思い出すままに二、三の例を挙げてみよう。「オセロ」の第五幕第二場といえば、例のオセロがデズデモーナを扼殺する寝室の場だが、殺意を固めたオセロがそっと足音を忍ばせてデズデモーナの寝台に近づく。気配にふと目を覚ました彼女に対して、ほとんど最初に問いかける言葉が、「デズデモーナ、今夜の祈りはすませたか?」という一語であることは、ご存じの読者もあると思う。

つまり、今日一日の罪の赦しを願う就寝前の祈りをすませたか、というのである。これだけをとれば、なんの変哲もないセリフである。だが、この瞬間、この状況でのこの一句を考えると、にわかにそれは千鈞の重みを加えてくる。周知のようにオセロは、イアゴーの佞弁《ねいべん》に乗じられ、ありもしない彼女の不貞を信じて殺意を固めた今でも、なおデズデモーナは彼の愛妻なのである。眼に入れても痛くないほどの恋女房なのである。だが、不貞を働いたとあるからには、単に嫉妬ばかりではない、男子、しかも武将の面子としても、このまま放置することは名誉が許さぬ。愛する妻をさえ制裁しなければならないというのが、いまの彼の苦しい立場である。この苦しい矛盾、この複雑な苦悩の現われが、卒然としてこの一句になったものと見なければならぬ。

したがって彼としては、彼女の肉体は殺すにしても、魂までを地獄に堕すことは忍びなかった。その矛盾した心が「今夜の祈り」という一句に凝縮されたのであろう。だからこそ、そのあとつづいて、「まだ何か神の赦しを願っていない罪があれば、いますぐお願いするがよい……心の準備もできていぬものを殺したくはない。魂までも殺しはせぬ」というセリフにもなるのであろう。「今夜の祈りをすませたか」というさりげないセリフ、実はこれだけの重い意味をこめた一語だったのである。

この一句は、シェイクスピア全作品の中でももっとも有名なセリフになっているが、おそらくそれは看客も読者も、無意識に言外の重さを感得するからのことに相違ない。こうした場合におけるシェイクスピアの表現力の、簡にして、しかも含蓄の深さは実に見事であるといってよい。そういえば「ハムレット」で、オフィーリアに彼がいう有名なセリフ、「尼寺へ行け」の反覆などもその見事な一例であろう。ゴルキーの「どん底」に出るアル中役者までが口癖のようにくりかえす一語だが、オフィーリアまでが王一味にたばかられて、囮《おとり》になって彼の心情を探りに現われている。愛する女のこの裏切り。「尼寺へ行け」は、そうした状況の中で彼の激しい女性呪咀が洪水のように口をついて出る、その真只中でくりかえされる痛烈な呪いだが、これまた若いハムレットの失望と愛情を、これほど簡潔に、そして端的に、表現しえた言葉はあるまいと思えるのだ。典型的な mot de situation であろう。まだ同様の例はいくらでもあるが、枚数もないから省略することにする。

（断っておくが、もちろんこれはシェイクスピアの独占ではない。古来傑れた劇作家はすべてこの種の mot de situation を残している。たとえば能の「砧《きぬた》」である。妻を残して京へ上って三年、音信もしなかった夫が、たまたま侍女を送って独り寝の妻を訪わせる。侍女を迎えた妻に、作者世阿弥は開口一番、「いかに夕霧、珍しながら恨めしや」と言わせている。久しぶりで嬉しいが、それよりもまず恨めしい、というのである。閨怨の悲喜を述べて、これほど簡にして含蓄の深い万感の表現はないと思う。また院本物「近頃河原《ちかごろかわらの》達引《たてひき》」堀川の段といえば、やがて悲しい与次郎の猿まわしをからませて、情痴の果によろこんで運命に身をまかせて行く若い男女、おしゅん伝兵衛の悲恋を描いた名作だと思うが、その運命を前におしゅんが男についてなんというか。「世話しられても恩に着ぬ」というのである。恩に着るのはまだ水臭い。常識義理の世界である。それを彼女は「恩に着ぬ」という。たった十語、情痴の極致を喝破して遺憾なしと思うが、これなども実に見事な mot de situation といえよう。）

## 5

エルンスト・クレチマーといえば、近年あまりにも通俗化されすぎたきらいさえあるほどの性格学説、つまり躁鬱気質《チクロチーメ》と分裂気質《シツオチーメ》というのが、それぞれ前者は肥満型体格に多く、後者は細長型体格に多いという、いわば性格と体格との相関を論証して注目をひいた高名なドイツの精神医学者だが、その学説をはじめて提唱した名著「体格と性格」を読むと、開巻冒頭にモットーとしてかかげられているのが、「ジュリアス・シーザー」第一幕第二場の次の対話である。

**シーザー**　おれは肥った男にそばにいてもらいたい。頭髪《かみ》でもきれいにときつけて、夜もよく眠るような男にな。あのキャシアスなどは、痩せて、なにかひもじげな顔をしておる。あの男は、物を考えすぎる。ああした男にかぎって危険なのだ。

**アントニー**　どうかご心配なく。決して危険人物じゃございません。あの男は立派なローマ市民であり、気のいい男です。

**シーザー**　だが、もっと肥えていてくれればいいのだが……

そして以下、アントニーの否定にもかかわらず、シーザーは、キャシアスをおそれ、警戒する理由を長々と説明する。「なかなかの読書家で、物を見る眼もしっかりしたもので、他人の肚の底などもたちまち見抜いてしまう。芝居もきらい、音楽もきらい。めったに笑い顔すら見せない。しかも、たまに笑うかと思えば、まるで笑顔を見せた自分の心を、さげすんでいるかのような笑い方だ。とかくああいった男にかぎって、自分よりも上の人間を見ると心おだやかでない。だから、危険人物だというのだ」と説明する。つまり、明るくて遊び好きのアントニーには警戒しないが、キャシアスのような痩せて、鋭くて、いつも何か頭の中に思い屈したようなものをもっているらしい人物は、できることなら、敬遠したいというのである。

もちろん、すぐそのあとでシーザーは、なにもこれは一般論を言っただけで、別にキャシアス当人をおそれているわけではないと、そこは強く打ち消して虚勢をはるのだが、皮肉なことに、劇の発展は、まもなくこの警戒が見事に当っていたことを証明する。すなわち痩せて、内攻的なキャシアスは、いわば天成の陰謀家であったわけであり、まさに警戒した通り、シーザーはその陰謀によって仆されることになる。もちろん、作者のシェイクスピアに近代精神医学の知識などあったはずがない。だが、このおそるべき人間観察者は、期せずして直感的に、近代精神医学の論証した人間性格に関する秘密を洞察しえていたといえよう。さればこそクレチマーがその著書の冒頭に引用したものに相違ない。

なんといってもシェイクスピア劇の最大の興味は、その驚くべき性格群像の形象化にある。また性格は運命なりという言葉もあるが、そうしたそれぞれの決定的性格に支配されて、当の本人ですらどうにもできぬ行動をする、心の動きを見せる。そういった性格の秘密を見事に形象化している点にあるといってよいと思うが、以下しばらくそれらの魅力について、できるだけ具体的に明らかにしていきたいと思うのである。

作家、とりわけ劇作家が、その取り上げる人物の性格像を定着させる方法については、ごく大ざっぱにいって、三通りあるように思う。

第一に、そして一ばん簡単なのは、人物当人の口を通して説明的に述べさせる方法である。「おれは鬱ぎ屋だ」とか、「おれはひねくれ者だ」とか、「おれは金に眼のない男だ」とか、まずそういった類である。だが、いうまでもなくこれはもっとも拙い初歩的なやり方で、未熟な作者などがいくらでもやる方法である。「おれは失恋した。悲しい」などとむやみに叫ばせる類であるが、事実、シェイクスピアなども初期の習作時代にはずいぶんやっている。「リチャード三世」の開幕冒頭、「いまやわが家の忍従の冬は去り、明るい輝しい夏がきた」にはじまる長セリフは、古来有名な聞きどころであるが、それにしてもその中で、グロスター（のちのリチャード三世）みずから身の不具を述べ立てるまではまだしもとして、「おれはもう悪役に徹するつもり、……筋書はできているのだ。兄王エドワードとクラレンスを対立させて、憎悪のかぎり戦わせてやる。おれの背信、裏切り、まず手抜かりはないはずだからな。」そしてやがては王位を簒奪しよう下心まで含めて、ひねくれ根性、日陰者のおそろしい野心を自分の口から明らかにしてしまうのは、いかに人の聞かぬ独白とはいえ、決して上乗の手法とはいえぬ。なんといってもまだあまり習作期を出ないころの作であることを思わせる。

ところで、第二の、そしてよりやや巧みなやり方は、当人以外の第三者をして評させる方法であろう。つまり、敵、友人、肉親など、関係の第三者をして語らせる方法である。それらの性格評が、つねに当っているとは限らないが、自分で自分を説明させるよりは上乗の方法であるにちがいない。したがって、多くの劇作家がよく用いる方法であり、実例は省略するが、シェイクスピアも全作品を通じてしばしば採っている性格説明である。

だが、最後の、そして演劇的にもっとも興味深い手法は、いうまでもなく登場人物が、いわば無意識に、われにもなくその性格をさらけ出《ビトレー》すというやり方、つまり、いうところの self-betrayal である。往々、人は不用意に、ときには正反対のことを口にしながらも、事実はかえって本来の性格をどうしようもなく露呈してしまうことがある。演劇としては、これがもっともすぐれた手法であることはいうまでもない。

たとえば前稿で引いた「ヴェニスの商人」第一幕第三場、はじめてシャイロックの登場する一コマなどは、その好例といってよかろう。彼は一言も自分が守銭奴であることなどは口にしない。看客も知らない。だが、ひとたび貸借の交渉になると、とうてい普通人には考えも及ばないほどの慎重さで馬鹿念を押すそのやりとり、それ一つだけで、たちまち彼がどんな人間であるかは、看客にも読者にもわかってしまうのではなかろうか。

さて、クレチマー引用するところの「ジュリアス・シーザー」の一節にもどるわけだが、おそらくこれほど絶妙な性格定着の数行はめずらしいのではなかろうか。しかも、ここで作者は二重の性格描写を見事にやってのけている。すなわち、一つは、シーザーの言葉を通して、わたしたちはキャシアスなる人物の陰謀者的性格を明らかにされる。が、同時に、それはまたシーザー自身の性格の弱点をも、きわめて不用意に暴露していることである。

作者は、この芝居で、一応史実通りにシーザーという人物を独裁者的英雄として描き出している。だが、注意すべきことは、シェイクスピア描くシーザーは、決して超人的英雄でもなければ、怪物的存在でもない、むしろ一面では、テンカン持ちで、迷信深く、胸中にはたえず不安をもっている。いわば運命の手で独裁者にはなっていながらも、根はごく平凡な、人間らしい弱点をもった性格として描き出されているのである。（史上実在の独裁者などというのも、たいていはそうでないのか。）

つまり、彼はひそかにキャシアスをおそれている。そしてそれを、彼はあわてて打ち消すのだが、そのこと自体が彼の性格の中の盲点を、どうしようなく露呈しているといってよい。いわばこれがシーザーなる人物の性格を決定する鍵であり、この鍵をもって、以下劇の発展をたどるならば、そこに彼の悲劇的運命は、きわめて納得できるものになってくるはずだ。

古代ギリシャ悲劇を運命劇と呼び、それに対してシェイクスピア悲劇を性格劇とする考え方は、十八世紀以来長く一種の通説として受けいれられてきた。一面の真理をついていることは事実だが、わたしたちは、そうこの通説にこだわる必要はないと思う。たとえば悲劇「ロミオとジュリエット」を取ってみれば、それが運命の狂いによって導き出される宿命的悲劇であることは、口上役の「序詞」以下十いくどかにわたって強調されている通りであり、悲劇的原因が主人公たちの性格にあったとは考えられない。同じように、「オイディプス王」といえば、ギリシャ悲劇の典型的なものだが、たしかにそれが宿命的な外的運命に玩ばれる人間の悲劇であることはまちがいないにしても、なおその悲劇を実現させた要因の中には、主人公オイディプスの自信過剰からくる驕慢、妃のイオカステすらが危険であるとして制した「無益な詮索好き」という性格因があったことは明らかであるからだ。

またツルゲーネフの講演で有名になった、いわゆるドン・キホーテ型、ハムレット型というあれにも特に拘泥することはない。ドン・キホーテはさることながら、ここでいうハムレット型とは、例のゲーテが「ヴィルヘルム・マイスター修業時代」の中で示して以来、十九世紀を通じて定型化していた、あまりにも感傷的なロマン主義解釈にすぎないもので、現在ではむしろ反対のきわめて行動的なハムレット観も出ているように、少くともシェイクスピア原典に即したハムレット像とはかなり遠い。たまたま二つの古典作品を跳び板にして自由な人間論を試みたというなら、いまでも面白いが、そのままシェイクスピアの描いた性格像と見るのは本末顚倒のきらいがある。

そこで以下述べるシェイクスピア劇の性格像という問題は、そうしたいわばステロ版的に××型と割り切った意味の性格ではない。むしろもっと全人的に、したがっていわゆる型というにはあまりにも矛盾する要素をその中に含みながら、しかも鮮かに描きわけられたさまざまの人間像の謂である。

理屈よりも、具体的に語るほうがわかりよいかもしれぬ。まず手はじめに、悲劇「マクベス」、とりわけ主人公マクベスと、同じく女主人公マクベス夫人の性格像について、筆者なりの分析を述べてみることにする。シェイクスピアのあたえる性格像が、決していわゆる型と呼ばれやすい、棒を呑んだようなステロ版でなく、いかに人間性深層の秘密をつかんだ「あるがまま」の人間であるかがわかってもらえようかと思うからである。

「マクベス」というのは、周知のように、武将マクベスの野心、野望をめぐって展開する典型的な性格悲劇である。潜在的にあった彼の野心が、魔女の奇怪な予言によって触発され、あとは血が血を呼ぶ悪業を重ねる結果になり、やがてはそれによって身を亡ぼす悲劇になるわけであるが、さらにこれにはマクベス夫人という強烈な女主人公の登場があって、いっそう悲劇的効果を高めていることは、周知の通りである。

ところが、両立ともいうべき二人の主人公の性格像は、悲劇の展開とともにきわめて興味深い屈折を示していることがわかる。すなわち前半部分（ほぼ第三幕バンクオウ亡霊の場をもって、転回点と見てよいと思うが）におけるマクベスは、王位簒奪の野望には燃えながらも、さて実行ということになると、むしろきわめて臆病であり、怯懦でさえある。だからこそ短剣の幻覚といい、バンクオウの亡霊といい、たえず妄想に悩んでいる。されぱこそ「まだ鍛練が足りぬ。実行にかけてはまだ子供だ」（第三幕第四場）というような自己省察にもなるのである。

それに対してマクベス夫人の方は、まるで良心など知らない人間のような強烈な意志と冷徹な計画力をもって、夫に野望の実行をそそのかす。「青白い心臓」などは持ち合せていない。「もし自分なら乳房をふくんで笑っている嬰児を引きもぎって、脳味噌を叩き出すことだってやってみせる」という。また血塗れ姿のダンカン王の死体におびえる夫の弱さを督励して、「死んだ人間など絵に描いた悪魔も同然、そんなものを怖がるのは子供だけだ」とも豪語する。

ところが、この弱い男と強い女との対照は、後半部になると完全に逆転する。良心の苛責など置き忘れてきたかに見えたマクベス夫人が、かえって早くも罪の応報に苦しみ、苦悩の果は夢遊病者になり、血の幻影に悩まされながら、もろくも夫に先立って自殺して果ててしまう。それに反してあの弱かったマクベスは、自棄の勇気に鍛えられたとでもいうのか、最後まで悔いを知らず、いまわの際まで不敵の呪いを口にしながら殺されて行く。言葉をかえていえば、この対照的な二人の性格は、劇のほぼ半ば、第三幕第四場あたりを交点にして、完全な対角線を描いて発展するのである。

つまり、筆者として言いたかったのは、なるほどシェイクスピア悲劇がいうところの性格悲劇であることにはまちがいないが、その性格というのは、決してあのステロ版的性格型ではない。いわゆる気質的性格像ではないということである。性格そのものが、ときによってはその孕む内的必然因にしたがって発展する。そしてそれがまた複雑きわまる形因を含む人間性格の真実像なのであるまいか。シェイクスピア劇についていわれる性格悲劇ということを、簡単にステロ版的いわゆる型と見るのはあやまりだということである。

## 6

前節で「ジュリアス・シーザー」のことが出たから、もう一度この悲劇について書くことにする。(この劇は、長さももっとも短く、読むにも比較的やさしいので、昔から教科書などにももっとも多く使われる。が、決してそれは作品の質が低いというのではなく、むしろシェイクスピア円熟期の悲劇の特徴、面白さは、ことごとくこの作の中に凝縮されているといってもよい。つまり、シェイクスピア入門としては、まことにうってつけの作品だからである。)

「ジュリアス・シーザー」といえば、誰しもすぐ頭に浮ぶのは、ああ、アントニーの演説のあるあの芝居かということであろう。原作でいえば第三幕第二場、前場でシーザーの暗殺があり、つづいてこの場の市民広場で、まず暗殺主謀者の一人ブルータスが登壇して、暗殺のやむをえなかった理由を市民たちに説明する。市民は歓呼してこれを納得する。

と、そのあと故人シーザーの友人であり、同志であったアントニーが登壇し、その雄弁をもって、逆にこれはシーザーの人格、市民愛などを強調し、見事に市民たちの心をつかんでしまう。興奮した彼等は、たちまち矛をさかさまにして、こんどはシーザー万歳、暗殺者たちの邸を焼討ちしろというわけで、文字通り暴動化して流れ出していくという、周知の一場である。

ところで、それほど有名な場面であるが、舞台で見れば、せいぜい二十分あまり、中心になるアントニーの演説にいたっては、十二、三分間のものである。ところが、彼は、そのわずか十二、三分間で、民衆の意志と行動を百八十度回転、いわば真西を向いていたものを真東に向け変えてしまうのである。武器は何か？　いうまでもなく舌三寸、ただそれだけである。だが、弁舌というだけからいえば、ブルータスもまた一歩も劣らぬ雄弁家であるはずだ。だとすれば、いったいアントニーの雄弁の秘密というのはなんであったか？　いうまでもなく、それは彼が人間心理の機微、人の心の動きの秘密というものを、おそろしいまでに知っていたということにすぎない。

そこで、いま少し詳しくこの場の動きを分析しながら追ってみよう。まずブルータスが登壇してシーザー暗殺の大義を説く。文字通り大義である。ここに全文を引く余裕はないが、とにかくまず冒頭からして、自分は友人としてシーザーをかぎりなく愛するが、なおローマ市民の自由のためには、涙をのんで刃を加えざるをえなかった理由を、ジュンジュンと説きはじめる。「シーザーを愛する心の薄かったからではない。ただローマを愛する心のより篤かったからにほかならない。」自分を愛してくれた故人を思っては、涙を禁じえないが、彼の野心を知ったが故に、自分は彼を刺した。彼の友情に対しては涙、彼の幸運に対しては祝福、勇気に対しては尊敬、しかし野心に対しては死をもって酬いたのだという。そして最後には、この同じ運命は、もし自分にもまた野心家という疑いがあれば、いつでも喜んで甘受するというようなことまで口にしてしまう。

一言で評せば、まことに堂々たる正論である。論理的にも首尾一貫しているし、それを見事な三段論法で畳みこんでゆく。が、ただ一つ大きな穴は、要するにブルータスが学者政治家、書斎人政治家であって、生きた実際の大衆の心の動き、つまり、大衆と呼ばれるものは、究極において理性や論理によって動くものではないということに、完全に無知であったということである。高邁な政治哲学者ではあったかもしれぬが、少くとも実際政治家ではなかったということである。

こうして彼は、自己の論理的説得を過信したあまりか、迂闊にも演壇をアントニーに明け渡して引き上げてしまう。そしてそのあと登壇するのは、おそるべき現実政治家アントニーである。しばらくまた彼の演説を分析してみよう。

まず忘れてならないのは、いまや彼は四面反シーザー、したがってまた反アントニーの楚歌の中に立って口を開こうとしているのだということである。この四面の敵を、では、どうして百八十度回転、シーザー支持の方向に向け変えるか、そこに彼の問題があった。彼の演説は、まずおそるべき低姿勢をもってはじまる。開口まず「私はシーザーを葬るために来たのであり、彼を賞讃するために来たのではない」と述べて、市民たちを安心させる。そしてもっとも注目すべきことは、ほとんど演説の大詰にくるまで、一言としてブルータス一味を誹謗するような言葉を口にしていないことである。それどころか、例の有名な「ブルータス君は人格高潔の士であります」という敵への賞讃を、実に十度近くにわたってくりかえしている一事である。では、果して彼は何をもって民衆の心を操縦し、煽り立てたのであるか。

特にブルータスの演説と比較して注意してほしいのだが、彼は決して群集の理性などに訴えない。三段論法など持ち出さない。まず彼はシーザーが貧しい市民たちとともに泣き、また戦争捕虜の身代金《みのしろ》を国庫に収めて、ローマの富をふやしたというような、きわめて卑近な事実を具体的に述べる。次には曰くありげな遺言状のことを持ち出す。これらの事実で多少市民たちの心が動いたと見ると、こんどは血に染んだシーザーの外套をかざし、さらに最後には、まだ血の渇かぬ傷ましい死骸の傷口まで示して見せる。もはや解説までもないと思うが、すべてが実に具体的な事実、それももっとも児女の情に訴えやすい感傷的な事実ばかりなのである。

他の政治的能力はとにかく、少くともアントニーは、大衆というものの心の秘密だけは知っている現実政治家であった。夫が急死したあと細君の身代り候補は、必ず最高点で当選するに決っているという、あのいわゆる不文律の秘密を、彼は見事に知っていたといえる。三段論法や理性論が敗れるのは当然である。

さらに「ブルータス君は人格高潔の士」という殺し文句の巧妙きわまる反覆も見のがしてはなるまい。真西を向いた大衆の心が、じりじりと微妙な動きでまわり出す。と、彼はまるでそれを抑えるかのように、この殺し文句を実にタイミングよくくりかえす。それにはこの際のおそろしく微妙、危険なアントニーの立場を頭に入れておく必要がある。はじめにも述べたように、この場合アントニーの演説は、四面敵の中での発言である。もし彼が性急に功をあせり、かりにも反対派の煽動家と怪しまれるならば、いつ危険が身辺に迫るか予測をゆるさない。彼はよくそれを知っているのである。だからこそ、激しく動きそうな民衆の兆候を見ると、いち早く彼はそれを制するかのように、上の殺し文句を入れる。これなら敵も安心するわけである。

が、それでももちろん感傷的な民衆は、次々と明らかにされる具体的事実の前に、じりじりと無意識に動いてゆく。動くとも知らず動いているのである。どこか磁石をもたない山歩きの危険さに似ている。自分は真直ぐ東へ向けて歩いているつもりで、いつのまにか西に向って歩いているのである。昭和初年に秩父山中で有名な遭難事件があった。十人ばかりの大学生、これが磁石なしで霧に巻かれたのだが、あと生存者の話によると、里への大体の方角だけを決めて、とにかく本人たちは真直ぐに歩きつづけたつもりだったのだという。ところが事実は、刻々に起る方向のフレに少しも気づかず、結局はグルグル同じ山中ばかりを彷徨していたのだということだった。事実は真西に歩きながら、本人は東へ東へと歩いているつもりだったのである。この場面での民衆の動きも多少それに似ているのではなかろうか。

この場のはじめの群集は、明らかに熱烈なブルータス一味の支持者である。アントニー演説の途中でやや動揺を見せかけた彼等も、そのたびに例の殺し文句を聞かされると、もとよりアントニーの本心は悟れず、相変らず自分たち一味の同調者、ただ単に故人哀悼のためだけに来たものと安心していたにちがいない。だが、アントニーの語る感傷的な訴えは刻々と民衆の心を移してゆく。そして気がついたときには、われにもなく、変節を変節とは意識せず、いつのまにか暴動一歩手前のシーザー讃美者に変っているのである。

そしてアントニーは、やっと最後になってはじめて、いいかえれば、民衆の心の変化を十分に見きわめた上ではじめて、ブルータス一味に対して「叛逆者」という烙印をあたえ、さらに「このシーザーの傷口一つ一つに、心なき石をさえ暴動に決起させる力があるはずだ」などという心憎い言い方をする。

あとは簡単である。十分ほど前までブルータス万歳を絶叫していた民衆は、たちまち掌を返すように叛逆者打倒を叫んで暴動化してゆく。勝手に踊っている民衆である。なだれを打って押し出してゆく暴民化した民衆を見送りながら、アントニーは、「あとは勢い。復讐の鬼め、動き出したな。どっちへ行こうと、あとは貴様の気まかせだ」と快心の悪魔的笑いをニヤリと笑う。それにしても、彼の巧妙な煽動が的確に、まるで大地を打つ槌のように効果をあらわしてゆく中にあってさえ、「私には才知もない、弁舌もない、能力もない。どうして人を煽動する力などありましょう」などという、白々しいかぎりの卑下的口上を口にしているアントニーの人心操縦術にいたっては、空恐ろしいまでの心憎さがあるのではなかろうか。

ブルータスとアントニー——ここでシェイクスピアは、いつ、どこにでもいる二つの政治家の型を見事に描き出しているように思える。高潔で、理想家で、頭もよく、政治哲学もちゃんともっている。だが、かんじんの民衆の心だけは知らないという、民衆から遊離した政治家ブルータス。それに対して、他の政治的能力はとにかくとして、民衆の卑近な要求、そしてその心の秘密だけは、薄気味悪いほどに知り抜いている実際政治家のアントニー。これはいつ、どこにでもいる政治家人間の典型なのではあるまいか。程度の差は別にしても、わが近衛文麿の悲劇、大野伴睦の幸福などにも、この主題のヴァリエーションはうかがえるように思う。近衛を決してブルータス並みの高潔な理想家とは言わないが、あの一応良心的、知性的でありながら、民衆とは隔絶した貴族政治家を出なかったばかりに、結局は悲劇的運命につまずいた近衛、それに対してはるかにアントニー以下だが、不思議な大衆的魅力だけはもちつづけてきた大野——たとえばよく伝えられる大野の言動など、品はずいぶん下るが、訴えかけの秘密はすべてアントニーの演説に通じるものがあるのではないか。シェイクスピア劇が、むしろ現代劇として読まれるとき、もっとも興趣が深いという筆者持論の一つである。

それからもう一つ、「ジュリアス・シーザー」で思うことは、せめてこの場面など、もし日本の政治家たちが若いときから味読していたら、国民指導の上などで、もっと巧く、もっと円滑に行ったろうに、といつも考えさせられるからである。

もう一度アントニー演説にもどってみよう。彼は東を向いている民衆の心を、百八十度回転した西へ向かせるのに、決して西へ向けなどという強制命令はしない。まして鼻面をひっぱって無理矢理西へ向けようなどという愚策は、どう転んでもとらない。上でも多少詳しく解説してきたように、西向けなどと煽動しないばかりか、逆にくりかえし敵を人格高潔の士などと賞め上げてさえいるのである。では、どんな人心操縦の秘密を知っていたのだろうか。それは、一口でいうと、あの天邪鬼《あまのじゃく》という人間通有の弱点なのである。天邪鬼というのは、人間赤ん坊のときからある困った本能とでもいおうか。泣きやめといえば、逆にかえって大声で泣きわめくし、もっと泣けというと、口惜しそうに泣きじゃくりながらも泣きやもうとする、あれである。右向けといわれると、妙に左を向きたくなる。人が左というと、右といいたくなるあれである。困った性質だが、人間多少とも誰にもある性質なのではなかろうか。

そこでアントニーの演説だが、それが民衆の感傷性という弱点にもっとも多く訴えかけたものであることは、すでに上に述べたが、もう一つ彼が巧みに利用したのは民衆のこの天邪鬼性である。民衆の心がすでにある程度動き出すと、例の殺し文句は見事にこの天邪鬼性を刺戟し出す。彼がブルータスを高潔の士と賞めると、民衆は逆に、なに、アントニーはあんなことをいうが、事実はどうだか、とさっそく得意の天邪鬼性を発揮する。煽動するのではない、そんな能力もないということが、かえって逆に煽動効果を上げることになる。抑えられると、いっそう激しく噴き出すというあれである。

それでよく思い出すのに戦時中、食糧増産のためにつくられた政府宣伝の標語がある。まだ記憶している人もあるかもしれないが、「なにがなんでもカボチャをつくれ」と彼等は言った。なんという拙劣な標語だろうと、その頃からよく思った。こんな人心知らずの馬鹿なことをいうから、戦時下民衆の不満は、ヘン、カボチャなどつくって何になる、という天邪鬼になって現われ、事実期待したほどの増産の実は上らなかったはずだ。もし私が責任者だったら、私はシェイクスピアを年来熟読しているから、きっとカボチャなどをつくるな、空地はすべて放ったらかしておけ、という標語をつくったにちがいない。するとそこが天邪鬼で、おそらく国民の大衆は、なんという馬鹿な怪しからん政府だ。もったいない。すべからく空地はすべて利用して、カボチャでもなんでもつくれというような運動が、おのずからにして国民の中から起ったにちがいないと思うのだ。

これは冗談だが、故池田首相得意の「私は嘘は申しません」なども、考えてみると実に拙い言い方だったと思う。嘘は申しませんなどと白々しいことをいうから、どうせ政治の嘘、矛盾はいやになるほど身にしみている国民としては、ヘン、嘘に決ってらあ、などとかえって誰も信用しないのである。逆に、「私もときどきは嘘をつくことがありまして」くらいのことをいう洒落た知恵は出なかったものであろうか。そういえば、かえって人間、ときに嘘をつくのは誰しもあることで、政治のことも例外とはいくまい、くらいのくつろいだ信用はかえって増したはずだと思うのだが、どうだろうか。民心などというものは、そうしたものなのである。

聞くところによると、イギリスの若い政治家、外交官志望者にとって、シェイクスピアとベイコンの随筆は必読書であるという。ベイコンについては、いまここで述べている暇がないが、つまりはともに人心の機微を見事に描いた書物だからである。つまり結論をいえば、日本の政治家や役人なども、もっとシェイクスピアくらいは味読してもらいたいということである。

# 7

劇作家シェイクスピアが、いかに人の心の動きの秘密を知り抜いていて、それを巧みに劇の正念場に利用しているか、前節では「ジュリアス・シーザー」の名場面、例のアントニー演説の場を挙げて紹介したつもりだが、やはり同じ手法で、さらにいまいっそうの手際を示している場面があるから、ことの序でにそれも一応紹介しておきたい。「オセロ」の第三幕第三場である。

この場面は、普通ハンカチ落しの場などとも呼ばれ、「オセロ」では眼目の場面、例のイアゴーがオセロの心を手玉にとって、ありもしない愛妻デズデモーナの不貞、姦通という罪を、オセロのひとり合点で確信させてしまう見どころの長丁場であることはいうまでもない。

ところでこの場の解説にはいる前に、まずものの順序として、悲劇「オセロ」そのものの作意、主題について一応述べておく必要があるのだろうが、いまここでそこまで深入りしている暇はない。事実それには難しい問題もあるのであり、たとえば劇の比重をオセロ中心におくか、それともイアゴー中心に見るか、そんなこと一つにもいろいろ難しい解釈問題があるのだが、それはしばらくおくとして、要するにこの悲劇が、マキアヴェリのいわゆる狐と獅子の主題をめぐってのそれであることは動くまい。猛将で断行力はあるが、一面子どものように単純、直情であるオセロが、狐のようなイアゴーの冷徹な狡知に見事謀られ、罪もない妻を疑って殺すばかりか、みずからも身を亡ぼす結果になる。そこでこの第三幕第三場というのは、目に入れても痛くないほど愛しているデズデモーナの貞操に関して、にわかにオセロが疑心暗鬼で疑い出す、そのいわば転回点にあたるわけだが、その間、舞台で見ればこれもまた十数分間で、やはり東を向いているオセロの心を、いかに毒液でも点下するようなイアゴーの佞弁《ねいべん》があるとはいえ、たちまち西向きに変えてしまうのである。

さて、それではイアゴーの舌に、どのような魔法の仕掛けでもあるのかということになるが、別に種も仕掛けもあるわけではない。ただ彼が無気味なまでの巧みさで利用するのは、要するに人の心の弱点――「ジュリアス・シーザー」のアントニーの場合は、人の心の天邪鬼《あまのじゃく》性という奴であったが、イアゴーの場合もまさしくそれと、さらにいま一つ、無用の好奇心という弱点である。もしいま原文テキストを前において、イアゴーの心理的働きかけとそれに反応するオセロの心の動きとを、一行一行追って行くことができれば、筆者は十分読者諸君に納得していただける自信はあるつもりだが、残念ながら長丁場を、いまここでそんな風に追って行くわけにはいかない。やむをえず多少は端折り加減に重点的な紹介だけをするよりほかないのだが、さて問題の場は、まず酒の上でしくじった青年将校キャシオの復職運動にはじまる。彼はひそかにデズデモーナを訪れて復職のあっせん方を頼み込む。純情「神のような」デズデモーナもまた、背後におそるべきイアゴーの陰謀が機会をうかがっているなどとは悟るよしもなく、そこは年老いた夫に甘えかかる娘妻らしく、しきりにキャシオのために復職をとりなす甘い会話がつづくのだが、その直後である。舞台はオセロとイアゴーの二人きり。しばらく本文を引いてみよう。（九一―一七五行）

**オセロ**　なんという可愛い奴！　たとえ地獄に堕ちようとも、そなたを愛さずにいられようか！　そなたへの愛が終るとき、ふたたびそれは世の闇だ、混沌だ！

**イアゴー**　閣下、、、――

**オセロ**　なに、なんと言った、イアゴー？

**イアゴー**　あのキャシオ奴は、閣下が奥さまの愛を求めておられましたころから、そのことを承知していたんでございましょうか？

**オセロ**　知っていたとも、終始のこらずな。なぜそんなことを聞くのだ？

**イアゴー**　いえ、なに、ちょっと気になることがございましただけで。別に他意はございません。

**オセロ**　なに、気になる——どういうことだ、それは？

**イアゴー**　いえ、奴が奥さまとお近づきだったとは、まったく存じませんでしたので。

**オセロ**　そうだとも！　よくわれわれの間の使い走りまでしてくれたものだ。

**イアゴー**　へへえ、そうでしたか！

**オセロ**　なに、へへえ、だと——そうさ、そうだとも。なにかおかしいとでもいうのか？　信用ならん男だとでもいうのか？

**イアゴー**　信用——とおっしゃいますと？

**オセロ**　ああ、信用できるとも！　正直な男だ。

**イアゴー**　なるほど——まあ、さようでございましょうな、私もよくは存じませんが、

——

**オセロ**　なにを考えているのだ、いったい？

**イアゴー**　考える、とおっしゃいますと、閣下？

**オセロ**　考えるとおっしゃいますと、閣下？——（傍白）チェッ、こいつ、一々わし

の言葉の尻をとる。なにか口に出しては言えないような、おそろしい腹に一物でもあるみたいにだ――イアゴー、なにか言いたいことがあるのじゃないのか？　ついさっきもキャシオが家内の奴と別れて行ったとき、お前は一言、チェッ、拙いなと呟いた。なにが拙いのだ？　またあの男は、わしの求婚中も終始相談に与っていたといったら、これもお前は、へへえ、そうでしたか、と大声を出した。そしてなにか恐ろしい考えでも秘めているかのように、キッと眉をひそめた。イアゴー、もし真実わしのことを思っていてくれるなら、どうか本当のところを言ってくれ。

**イアゴー**　閣下、ひたすら私が閣下の御為《おんため》ばかりを思い申し上げておりますことは、よくご存じのはず。

**オセロ**　いや、そうであろう。わかっておる。またお前という男が誠心誠意の人間であり、いやしくも軽率なことは口にしない男だということをも知っているだけに、そうした妙になにか口ごもるような言い方、それがよけいに気になるのだ。同じことでも、姦佞邪知《かんねいじゃち》の奴等がやるのであれば、また例の術《て》かということになるのだが、正直誠実な人間の口から出たとなると、思いのあまり、ついに不用意に出た本心ということになるからな。

**イアゴー**　いや、キャシオのことでございましたら、誓って申し上げますが、大丈夫、信用できる人間だと存じます。

**オセロ**　そうだ、わしもそう思っておる。
**イアゴー**　ただ人間、本心と見かけとがいつも一つで、油断のならぬ男は、見かけもちゃんとそうであるという、そんな風にまいれば、まことによいのでございますが！
**オセロ**　そうだ、ぜひとも人間、見かけと本心とが一つであってほしいものだな。
**イアゴー**　いや、それならば、あのキャシオも、もちろん正直誠実な人間でございましょうとも。
**オセロ**　（傍白）いや、まだなにかあるらしい――イアゴー、頼むから、もっとはっきり言ってくれんか、お前の考えていること、思い屈していることを、そのままにな。どんな恐ろしいことを、どんな恐ろしい言葉でもいいから。
**イアゴー**　閣下、それだけはお許し下さいませ。私には、どんなご命令であろうと従わなければならない義務がございます。だが、ただ一つ、奴隷すらがもっておりますという自由、それだけは私にもあろうかと存じます。考えをいえとおっしゃるんでございますか？　いや、おそらく曲った醜い考えでございましょうゆえ。（中略）
**オセロ**　だが、イアゴー、貴様、もし友人がひどい目にあっているのを知りながらだぞ、それを耳に入れてやらんというのは、はっきり友に対する裏切りだと思うがどうだ。
**イアゴー**　いや、それならば申し上げますが、おそらく私の推測はあやまっておりましょう――と申しますのは、性来《せいらい》わたくしはひねくれものでございまして、とかく他人のあら探しをしたり、疑心暗鬼のあまり、ありもしない事実をつくり上げたりする困った癖がございますので、そこはどうかご賢察下さいまして、そのような怪しげな邪推を致します人間の申すことなど、一切お取り上げになりませぬよう。またさような人間の口に致しますよしなしごとを頭痛の種になさるなど、ぜったいにおやめになっていただきたいのでございます。（中略）

**オセロ**　いや、それならば、なんとしてでもお前の考えを聞かねばならん。

**イアゴー**　それはご無理と申すもの、かりに私の心が、閣下のお手の中に握られていましょうともな。ましてこの私の胸にしっかりとありますかぎり、そうは参りません。

**オセロ**　なに！

**イアゴー**　ああ、閣下、疑心暗鬼、お気をつけ遊ばせ。こいつは緑の眼をした怪物、人の心を餌食にして、しかもその餌食をあざ笑おうという奴でございますからな。女房を寝取られましても、運命とそれをあきらめて、露未練ものこさないという男、これはまだしも幸福でございましょうが、愛しながらも疑念が解けぬ。疑いながらも、未練はたっぷりという奴、こいつはどうも毎日の明け暮れが地獄の苦しみ！

**オセロ**　ああ、なんというみじめさ！

引用ばかり長くなったが、ぜひ願いたいのは、この微妙な対話のやりとりを、単に大急ぎで読み流すのでなく、二人の立場をたえず頭におきながら、できれば行間に心理の動きを追ってもらいたいのである。一言でいえば、この場合イアゴーの狙っているのは、いわば無から有を生じさせるとでもいうような心理的効果、つまりはありもしない不貞の虚像を、しっかりオセロの心に打ち樹ててしまおうという言葉の魔術なのである。それをイアゴーは、まるで一滴一滴、毒薬でもたらしこむようにオセロの心に注いでゆく。そしてその場合、彼が心憎いばかりに利用するのが、オセロの中にある無用の好奇心とそして天邪鬼という人間的な、あまりにも人間的な弱点だったのである。

まず引用の冒頭「なんという可愛い奴！」云々の一節で、私たちはオセロがまだ寸毫も妻デズデモーナを疑っていない、溺愛に近い愛情を持っていることを告げられる。いわば完全に真東を向いているのである。

そこでイアゴーの働きかけがはじまる。まず注意してほしいのは、イアゴーの言葉が、「閣下――」といい、「いや、なに、ちょっと気になることがあっただけ」といい、また「へへえ、そうでしたか！」Indeed! という素頓狂な驚き顔といい、「まあ、そうでございましょうな、私もよくは存じませんが」といい、すべてが奥歯に物でもはさまったような、妙にふっきれない言い方ばかりを反覆することである。奥歯に物のはさまったような言い方――およそこれほど人間の好奇心をそそるものはないはずだ。誰しも経験して知っているると思うが、単純な人間なら、たいていはこれで釣り出されてくる。オセロもまた例外でなかった。不貞の証拠などなに一つもっていないイアゴーの心理的釣針の前に、オセロの方でひとり勝手に「なにか口に出しては言えないような、恐ろしい腹に一物でもあるみたいに」と、ひっかかってくるのである。ここまでくれば、イアゴーにとってはすでに成功の第一歩であった。

そのあとさらに注意すべきことは、イアゴーは決して「奥さまは不貞」などと下手な言い方はオクビにも出さぬ。むしろ逆に、自分は「性来のひねくれもの」だとか、「とかく他人のあら探しをしたり、疑心暗鬼のあまり、ありもしない事実をつくり上げる困った癖のある」人間だなどと、しきりに自己卑下の白々しい言葉を口にする。「ありもしない事実をつくり上げる」など、まことに人を食った正直な告白なのだが、相手を忠実な部下とばかり信じ込んでいる単純なオセロは、それを自己反省の強い正直な人間の謙遜とばかり受け取ってしまう。つまり、奇妙な天邪鬼心理である。イアゴーにかぎってそんなことはない。きっと確実な証拠をつかんでいながらも、みずからへり下ってあんな自己卑下を言っているにちがいない、という、かえって妙な信頼感になるのである。そして「これはなんとしてもお前の考えを聞かねばならぬ」と焦《せ》き込んでくる。ここまで来れば、もはや完全なイアゴーの勝利であろう。そして引用は略したが、そのあとまもなくオセロが、「疑わしい上からは、きっと証拠をつかんで見せる。証拠をつかんだ上は、道はただ一つ、――直ちに愛を絶つか、疑心を捨てるか、それだけ！」と叫ぶ、いわばそこまで言質ともいうべきものをまず確実につかんでしまってから、はじめてゆっくりと正念場の「では、奥さまとキャシオとの間をよく注意してごらんなさいませ」が切り出されるのである。

ここまでくれば、あとは簡単である。東を向いたオセロの心を、無理に西へひっぱり向けようというのなら大変であろうが、すでに好奇心と天邪鬼とでみずから動き出した心なら造作はない。あとはイアゴーがひっぱるというよりは、オセロの心自身が、あたかも坂を転げ落ち出る石のように、勝手にどんどん転がってゆく。そしてわずかに二十分間足らず、目に入れても痛くなかったはずの妻デズデモーナを、このあと証拠さえつかめば、一刀両断、直ちに成敗してしまうという決心まで、ほとんど一歩の距離にすぎぬ。つまり東へ向いていたオセロの心が、見事に西を向いてしまっているのである。

これは冗談だが、筆者はもし金に困って、誰かに借金をしに行かねばならないようなことが起れば、その前にまずこの第三幕第三場を再読、三読して出かけようかと思っている。下手に金を貸せというから、相手はかえって財布の紐をいっそうしめるので、借金の要諦は、要するに相手の財布を、おのずからにしてゆるめさせることにあるはず。その間の微妙な心理的呼吸は、すべてこの場につくされていると信じるからである。

こうした原テキスト抜きの説明で、とうていこの場の微妙な心理的動きが解きつくせたという自信はない。この上は、もし機会があれば、直接テキストについて、十分ゆっくりと味わってもらいたい。おそらく酌めども尽きない味わいがあるはずである。つまり、それほどおそるべきこれは人間心理の秘密を暴き出した一場であり、また事実不愉快ではあるが、稀に見る人間知恵の記録でもあるからである。

## 8

最初から一定の計画を決めて書きはじめたわけではない。途中から思わぬ長丁場になってしまったようなわけだが、この辺で一つ話題を変えることにする。

「夏の夜の夢」第五幕第一場、といえば、もちろんアテネの大公シーシュースの宮殿で、例の職人たちの茶番劇が演じられる有名な場面だが、そこで大公が劇の開幕を促すセリフに、I will hear that play というのがある。また「ヘンリー五世」の前口上の終りは、your humble patience pray, Gently to hear ... our play という二行で結ばれているし、「ハムレット」第二幕第二場、ハムレットが例の劇中劇の思いつきをポローニアスに告げるところでは、we'll hear a play tomorrow という。もちろん、日本でならば、さしずめ「芝居を見る」というところだろうが、それがすべて「芝居を聴く」hear になっているのである。例は、いうまでもなくこれだけではないので、「ハムレット」だけでも、ほかにまだ二カ所、いずれも「芝居を見る」が hear a play になっている。全作品でならば、十例近くも算えられるが、それがすべて芝居を「見る」ではなくて「聴く」なのである。「ロミオとジュリエット」の前口上などになると、さらにはっきり、「もし忍耐強くご静聴たまわらば」if you with patient ears attend と看客に訴えかけているのである。

これでもわかるように、シェイクスピアの芝居、というよりも彼をもって代表されるエリザベス朝演劇というのは、「見る」芝居よりも、より多く「聴く」芝居であった。いいかえれば「言葉、言葉、言葉」の劇であったということである。ということは、もともとシェイクスピアの芝居の面白さは、なにを措いてもまずセリフにある。そのセリフの陰影、変化をいかにはっきり、いかに精確に表現するかが一ばん重大な問題であって、演技《アクション》も背景も、それはそれとして重要にはちがいないが、とにかくセリフの正しい表現を取り逃してしまったのでは、それこそ「人もし全世界をうとも、その魂を失わば何の益あらんや」というところであろう。

シェイクスピア劇が、それほどまでにセリフの芝居であるということは、当時の劇場構造と深くつながっているように思う。エリザベス朝のロンドンの劇場は、すべて小劇場であった。当時、前後して建てられた十幾つかの劇場の、すべて精確な大きさがわかっているわけではないが、ただ一つ、比較的大きかったフォーチュン座というのの設計見積りだけが、幸いにして残っている。これは四角の外形をとった劇場であったが、設計によると、外囲で各辺八十フィート、内囲で五十五フィート（その差は、ここを看客席《ギャラリー》や楽屋などが占めていたからである）というから、せいぜいテニス・コートにちょっと毛の生えたくらい、まず日本の古い寄席《よせ》程度と思えばまちがいあるまい。しかも背景といっても、きわめて簡単な暗示的なものが使われたにすぎないから、いわゆる「見せる」要素はかなり乏しかったといわねばならない。

だいたいこうした条件の劇場のために書き下され、そして上演されたものであるから、当然そこにはセリフの芝居、言葉の芸術が発達したことは、わが寄席芸術の場合を考え合わせてみても、容易に想像がつくはずである。今日落語という名前で総称されているあの噺の芸だが、これが寄席という小劇場の生んだ、世界でもめずらしい言葉の芸術であることはいうまでもあるまい。ここでは落語の歴史を述べている余裕もなければ、専門知識もないが、とにかくああした話術の妙が、天明あたり以後であろうか、特に洗練、完成を見たのは、なんといっても寄席という小劇場を抜きにして考えることはできない。仕方噺はとにかく、扇子一本の素噺にいたっては、言葉の芸術の極致であろうが、それはとうてい大、中の劇場で期待できるものでない。

寄席とエリザベス朝劇場と、話はもちろんちがうが、それらがいずれもきわめて微妙なセリフの陰影まで伝えうる小劇場《テアトル・アンチーム》であったという点では共通性がある。そしてシェイクスピアの劇とは、そもそもそうした劇場のために書き下されたものであることを忘れてはならない。したがって、作者が、この場合ならシェイクスピアだが、いかに細心な注意を一つ一つのセリフの末にまで払っていたか、論よりもまず実例を一つ挙げてみることにする。お馴染み「ハムレット」開幕冒頭のシーンである。これも原テキストを長々と引用するわけにはいかないので、できれば手許の原作なり、訳本を開いて参照してもらえれば有難いのだが、それはさておき、いきなり歩哨の交替らしい兵士たちのやりとりがあって、

**バナードー**　ついいま十二時を打った。帰って休め、フランシスコ。
**フランシスコ**　交替か、有難う。やけに寒いな。ひどく気がめいる。
**バナードー**　異状はなかったか?
**フランシスコ**　ネズミ一匹出なかった。

というようなヤリトリになる。ここで注意しておきたいのは、今日の一般流布本では本文のはじめに「城の前の高台」などという卜書がある上に、さらに「ハムレット」という劇が知られすぎるほど知られているものだから、看客の側でも最初から話を知っていて、ああ、あの亡霊の出る場面だな、などということを考えてかかるから困るのである。初演のときの看客がそうであったように、わたくしたちも、しばらく既成知識を忘れて、セリフのやりとりを辿ってみる必要がある。それにはまず当時の劇場は屋根もなければ人工照明

もない。深夜の場面でも舞台には明るい太陽光線が射していたと想像しなければならぬ。また特に「城の高台」を思わせる装置もない。ただ仕切幕の前で二人の兵士がセリフをやりとりしているだけである。そこで看客は、「いま十二時を打った」、「やけに寒い」等々のセリフを聞いて、はじめて深夜、厳寒の歩哨であることを知るのである。たとえばわれわれが能の「松風」で、あの「一声」から「次第」、「サシ」、「ロンギ」とつづく朗吟を通して、白昼の舞台に月うるわしい須磨の夜景をしのぶ、あれと同じ「想像の劇場」だったのである。

さて、そのあとすぐに「ハムレット」の本文は、ホレーシォ、マーセラスの登場になり、バナードーを交えて、例の亡霊の噂話になる。ところで、ここは原文でないと説明しにくい個所があるのでそのまま引くが、

**Marcellus** What! has *this thing* appear'd again tonight?
**Bernado** I have seen nothing.
**Mar.** Horatio says, 'tis but our fantasy,
And will not let belief take hold of him,
Touching *this dreaded sight* twice seen of us:
Therefore I have entreated him along

With us to watch the minutes of this night;
That if again *this apparition* come,
He may approve our eyes and speak to it.

もちろんマーセラスが二度まで見たという亡霊の話をしているのである。だが、その亡霊を指す言葉が、決していきなり最初から亡霊 ghost だとか apparition などとはいっていない。はじめは this thing であり、それが次々と this dreaded sight になり、this apparition と変化していく。this thing というだけなら、決して変化《へんげ》、亡霊とはかぎらない。ネズミでも泥棒でもなんでもよい。次の dreaded sight ときて、たしかに何か怖ろしい姿をしたものとまでは限定されるが、それでもまだ亡霊とは限らない。三度目にはじめて apparition、亡霊という切り札が出されるのである。

もともとこの第一幕第一場というのは、決して重要な場面ではない。主人公さえも姿を現わさないのである。思うに、まだざわめいている看客の注意を、これから始まる芝居の中に集中させる、それだけが作者の狙いであったに相違ない。散漫な注意を舞台の上に引きつける、それにはここでも好奇心というのが重要なエサであったに違いない。それには「亡霊」と、いきなり切り札を出すのは、決して賢明な方法ではあるまい。まず「例のあいつ」とでもいうか、this thing という漠然とした言葉で切り出し、好奇心をそそりながら、dreaded sight ― apparition と内容を絞っていく。明らかにこれは作者の意識的技巧だったと私は考えたい。くりかえし言うが、ああ、これは亡霊の出る場面などという現代看客の既成知識は、この場合しばらく忘れなければならないのであるが、こうした微妙なセリフの上の工夫も、寄席程度の小劇場にして始めて効果が期待できたのであり、例えば歌舞伎座の大舞台で同じことを望んだところで無意味なことは最初から知れている。閑話休題、そこでいよいよ亡霊登場になるのだが、その出現を呼び入れるような次の件りも一応分析してみる必要があろう。上のやりとりのあと三人は、おそらく舞台の上手か下手よりであろうが、坐り込む。そしてバナードーのセリフになる。

**バナードー**　なに、ほかでもない、昨夜のことさ、ほら、あの北極星のすぐ西に見えるあの星（yond same star）、あいつがずーっとまわって、ちょうどあそこ（that part of heaven）、いま光っているあのあたりまできた頃だったな、マーセラスとぼくとが――そうだ、そのとき、ちょうど教会の鐘が一時を打った――

**マーセラス**　しーッ！　静かに！　それ、また出た！

〔亡霊登場〕

という順序になる。いささか蛇足の注釈を加えることになるかもしれぬが、yond same

star といい、that part of heaven というからには、バナードーの腕は、はるかに遠く舞台か看客席の上方を指していたにちがいない。（まさか無精をして顎でしゃくっていたとは考えられぬ。）そしてそれを追うように、ホレーシォ以下三人の視線も、おそらく指先の示す遠い空の一点に集約されていたに相違ない。そしてさらに重要なことは、看客の意識もまた、首こそまわさないが、指先の延長線上に吸いつけられていたと想像してよかろう。その瞬間にである、「しーッ！　静かに！」の叫びとともに、舞台の一方に、すっと亡霊が立っているのである。

セリフの方にも注意する必要があろう。バナードーのそれが、星の運行で時刻を暗示し、さらに「教会の鐘が一時を打った」とくれば、あとは当然「そのときその亡霊が現われた」というようなセリフにつづくところだったに相違ない。そのとき、その瞬間に、果して当の亡霊が、あたかも呼び込まれるように登場しているのである。

ずいぶん細心な注意が払われていると思う。ドイツの劇作家、劇評家のレッシングが、「ハンブルグ劇評集」の中で、シェイクスピア劇とヴォルテール劇との亡霊シーンを比べて面白いことを言っている。シェイクスピア劇の亡霊は、現われるときすでにそれがそのまま信じられるような種子が、われわれ看客の心に蒔かれている。たとえば「ハムレット」のそれは、われわれが亡霊を信じるものであろうと、懐疑家であろうと、とにかく慄然とさせるものをもっている。それにひきかえ、ヴォルテール劇のそれは、ただ役者の扮した亡霊としか見えない、というような大体の趣旨である。それ以上の細かい分析はないが、おそらくこのシーンなどからえた感想なのではなかろうか。語り《ナレーション》で現われる亡霊の登場と、現実舞台上の亡霊出現とを、時間的にも心理的にも実に微妙に一致させている工夫も心憎いが、さらにまた舞台の亡霊とあれば、いずれ生身《なまみ》の俳優が扮するものにちがいないし、また登場に当っても（エリザベス朝劇場ではセリ上げで登場する習慣があったという）なんらかの幻滅的雑音が交っていたに相違ない。それを考えると、遠く空の星を指してのバナードーの語りによって、巧みに看客の注意力まで舞台外のあらぬ方に外らせておいて、その隙をついて巧みに亡霊を登場させるというおそらくは意識的に計算された技巧だったのではなかろうか。

その証拠――というほどのことはないにしても、明らかにこの一コマに学んだとしか思えない類似の技巧が、アイルランド作家シングの「海に騎り入れるもの」にある。この一幕物は、周知のように、六人の息子を次々と荒海に奪われてゆく老婆の宿命的悲劇を扱った珠玉のような作品だが、その劇の終り近く、老母モーリャは、今日も暴風の海に乗り出して行った最後の息子バートレーの身の上を案じながら、まるで放心したように、これまですでに海に奪われてしまった息子たちのことを独語のように呟いている。

「その次、パッチの乗って出た小舟もひっくりかえって死んじまった。バートレーはまだ赤ん坊だった。わしは膝に抱いて、やっぱりここに坐っていた。すると女の人が二、三人はいってきて、物も言わずに黙って十字を切った。ふと外を見ると、男の人たちがつづいてやってくる。赤い帆布になにか包んで運んできたが、その包みから水がたれて――そうさ、いいお天気の日だった――ずっと入口まで水の跡がたれていた――」

いうまでもなく息子パッチの水死体である。と、あとト書になって、その瞬間静かに戸口が開いて、そして年老いた女たちがはいってきて、黙って十字を切る。つづいて男たちが、これもバートレーの死体を帆布に包んで運びこんでくる。そしてセリフをそのまま、戸口からポタポタと水がたれて跡がつく、といった順序。若くして死んだこの天才劇作家が深くシェイクスピア劇を愛していたことは、伝記でもわかるが、この印象的なクライマクスなど、おそらく上記「ハムレット」の幕開きシーンからヒントを受けたのではあるまいか。

以上、いろいろと些末なことばかりくどくど書いたように思えるかもしれないが、要するにこうしたことも、小劇場の「聴く芝居」であったからこそできたことなので、大商業劇場の劇では、ほとんど期待しても無理な話にちがいない。落語の妙を味わうのに、いかに細かい言い廻しのニュアンスを大事にすることが必要か――それを抜きにして話の芸術を云々することはナンセンスであろう。それと同じである。決して些末ではないはずだ。

以上、私はシェイクスピア劇のいわば「聴く」要素を少し強調しすぎたかもしれない。シェイクスピア劇は、必ずしもそれが書き下された小劇場用だけの芝居ではない。立派に大劇場にも通用するところに、その強味がある。事実、上演劇場が大きくなるにつれて、「見る」要素が強くなることは致し方ないし、事実西欧の上演でも、ずいぶんハデな、ときにはアチャラカに近い上演すらある。だが、それにしてもセリフこそ中核をなしていることは動かないし、また事実エロキューションの訓練はアルファであり、オメガであることになっている。日本などでも、見た目に面白い上演も結構だが、ときにはやはり「聴いて」堪能させてくれる本来の上演も期待したいものである。

# 9

去年のいつごろだったか、新聞か雑誌の海外劇壇消息のような欄に、現代服の「マクベス」、つまりアメリカ陸軍将官服を着たマクベスだの、イーヴニングのマクベス夫人だのが出る「マクベス」を、ニューヨークのどこかの劇団がやっているという小さな記事があったのを憶えている。近ごろとんと消息に疎いので、劇団の名も小屋の名も忘れてしまったが、おそらく現代服ということが消息子の注意をひいたのかもしれない。

ところが、実はこの現代服シェイクスピアというもの、決して珍しくも新しくもないのである。このところ数十年忘れられたような形であったのは事実だが、この実験が世界的に問題になったのは、むしろ遠く第一次大戦後の一九二〇年代であり、口火を切ったのは一九二五年八月、バリ・ジャクソンという男の主宰するバーミンガム・レパトリ劇団が試みたいわゆる現代服「ハムレット」が最初であった。この劇団はすでにそのころピランデルロ、エルマー・ライスのものなど、前衛的な作品をさかんに取り上げて、もっとも注目されたイギリス劇団の一つだったが、果してこの現代服「ハムレット」も、さっそくゴウゴウたる賛否両論を湧かせた。いずれにせよゴルフ・ズボンのデンマーク王子や、ジャンパー姿のオフィーリアが出たのだから、驚かせたのは当然であり、叩く方では、「ジャズ・ハムレット」「ファッション・ショー・ハムレット」などと酷評を下した新聞劇評も出た。だが、影響の方は、単に奇矯な思いつきとしてそのまま消えるどころか、二〇年代の終りから三〇年代のはじめにかけては、ロンドン、ニューヨーク、ウィーンなどでも、さかんに現代服シェイクスピアが上演され、たしか日本でも一、二度は同じ試みがなされたはずである。

その後、当然ながら流行はなくなった。だが、なぜジャクソンがこんな実験を思いついたか。それには相当の理由があったのである。ジャクソンとその劇団の活動については、そのちにある男が「バリ・ジャクソンとロンドン劇団」という大きな本を書いているが、もちろん現代服「ハムレット」のことも一章を割いて書いている。

それによると、これは二年間も考えたあとの実験であったという。動機は、あるときジャクソンが頼まれて、学校劇コンクールのようなことの審査員をした。シェイクスピア劇もだいぶ出たらしいが、その中に一校、貧しい地区から出たものだったので、派手な舞台衣裳などつくる余裕がなかった。仕方なしに生徒たちは、ふだんの通学服にほんの少し工夫をこらしたくらいで、そのままの格好で出た。出しものは「夏の夜の夢」だったらしいのだが、そのときジャクソンはハッとなった。「突然、舞台はほんとに生きた人間でピチピチするように躍った。喜劇場面など、他のどれよりもよかった。見なれぬ古風な衣裳などで気押されることがなかったからだ。」それから二年、はからずも閃いたこのヒントを追いつめた末、いよいよやったのが「ハムレット」での実験だったわけだが、基調になった考えは、だいたい次のようなことであった。

まず第一に、悲劇「ハムレット」の訴える問題というのは、そのリアルさにおいて、シェイクスピア当時も現代も少しも変らないはず。そしてそのリアルさをそのまま舞台に出すためには、なまじ時代めいた従来の衣裳などは邪魔である。なにか現代とは遠い、昔の人間の出来事のように錯覚させるおそれさえある。むしろそうした不純な夾雑物は取り除いて、直接端的に現代人の問題として訴えかけるに如かず、というような結論に達したのだという。

もっとも一九二〇年代というのは、シェイクスピア演出史の一種革命時代であった。エリザベス朝演劇の精神にかえれというようなことで、装置、衣裳ばかりでなく、近ごろのあの猛烈に早く、そして自然にセリフをしゃべる伝統なども、みんなほぼこの時期に確立されたものであるが、それだけにジャクソンも、現代服という形の上だけにこだわりすぎたきらいはある。さればこそこの試み自体は、十年もたつとほとんど忘れられてしまったわけだが、ただそれをさせたシェイクスピア観そのものには、今日なお再考に値する重要な問題を含んでいるはずである。

周知のように、シェイクスピアは数多くの史劇を書いた。いや、むしろ大半は、大きくいって時代劇といってよい。イギリス史に取材したものも多いが、古くは遠く古代ローマ史を材料にしたものもある。だが、それでは彼は、こうした時代劇を書くのに、どうした態度でつくったかという問題である。結論を先に言ってしまえば、きわめてはっきり言えることは、彼は決して歴史をそのまま歴史としては書かなかった。

逆にいえば、すべて現代物として、現代の問題、あるいは時間をこえた人間の問題として書いたということであろう。

精神の問題というとわかりにくくなるから、まず目に見えることの方からはいっていこう。史劇を書くのに、彼が一応当時あった史書（といっても、現代のような科学的歴史ではむろんないが）に目を通していることは、十分に証拠がある。だが、作劇に当ってどれだけそれらに忠実であったかというと、これは実に自由に改変している。例証している余裕はないが、演劇的目的と効果に必要と見るかぎり、いわゆる詩的許容《ポエチック・ライセンス》をそれこそ最大限に行使している。史実に忠実だなどとは決していえぬ。そればかりではない。たとえば「ジュリアス・シーザー」や「ハムレット」を読むと、登場人物の男たちは、ほとんどすべて doublet and hose と呼ばれる上衣、ズボンを着ていることがわかる。ところが、この腰のくびれたdoubletという上衣、股引のようなhoseと呼ぶズボンは、古代ローマの服装でもなければ（もし考証的にいうなら、当然例のtogaでなければなるまい）、まして先史伝説時代のデンマーク風俗でもない。まさにシェイクスピア時代特有の男子服装だったのである。いうなれば書下し時からして、すでに「現代服ハムレット」であったわけ。また「ジュリアス・シーザー」や「マクベス」を読むと、「時計が時を打つ」というのが何度か出るが、これもシーザーやマクベスの時代にそんなことがあったら、これは大変であり、あくまで十六、七世紀のイギリスでなければならぬ。「ヴェニスの商人」で言及されるヴェニスの繁栄が、決して史実上のヴェニスのそれを描いたものでなく、当時の大航海競争に最後に登場して、最大の実利獲得者になったイギリスの首都ロンドンの繁栄ぶりを、終始作者は頭において書いている、というのも動かぬところであろう。

こう見てくると、なにもそれら外形ばかりでなく、精神、考え方、人間感情の動きにおいても、あくまで作者は当時の「現代人」を頭においていることは当然であり、時代物という枠はある意味で第二義的なものにすぎなかった。いうなれば最初からして「現代物」だったのである。そういえば、十八世紀イギリスの演出がそうであった。名優ギャリックのシェイクスピアものなどといえば、今日なお不朽の舞台として伝えられているが、その十八世紀シェイクスピアの演出は、決して歴史的衣裳でやるのではなく、すべて十八世紀イギリスの服装でやるのがむしろ原則であった。つまり、十九世紀になって妙な歴史的演出が流行になり、衣裳なども時代考証に憂身をやつすようになった。してみると、ジャクソンの大胆な実験などといっても、種を明かしてみれば、十八世紀以前の伝統にかえったというにすぎないかもしれぬ。

では、このことは何を意味するであろうか。一言でいえば、シェイクスピア劇とは、その外形、第二義的属性にかかわらず、精神においてはそもそもの最初から、それぞれの時代の「現代物」として理解され、訴えかけてきたということである。そしてこのことは、そのシェイクスピアを日本語に移し、日本で上演する場合にも、つねに前提として考えられなければならない基本原則であるはずである。

いままではシェイクスピアの邦訳は現代語でと、だいたい議論は決ったようであるが、一時はその可否が問題になった時期もある。歴史劇を現代語ではおかしいというのだった。取るに足らぬ議論であることは、上に述べたことでもわかってもらえると思うが、とにかくシェイクスピアの原作には、たとえ用語の末節をこえても、相当思い切って、生きた現代語にするのでなければ、とうてい移しきれないピチピチした生命力、ハツラツたる精神がある。いわゆる流行語や卑語なども、それらの利用におのずから節度の必要はあるが、それにしてもそれらがよく生きた現代の感覚を伝えるかぎり、ある程度は採り入れてもよいのではないか。翻訳は、決して英語教室の講読ではないからである。またこれも翻訳問題のついでにいえば、筆者は、現在のところ、シェイクスピアの古典的邦訳、半永久的名訳などというものはありえないと信じている。明治以来、今日もまだつづいて、こんなにも生きた日本語の文体がはげしく変化しているときも珍しい。だとすれば、二、三十年に一度は新しく改訳の行われるのがもっとも望ましいのではないか。少くとも当分のところは、それぞれの世代のもっともよい、しかも生きた日本語に移されるのが一ばんよいと思う。

**女**　ねえ、お願いだから、会ってやって下さらない？
**男**　ああ、ああ、いつかそのうちにな。でも、いまはだめだ。
**女**　でもゥ——じゃ、すぐ？
**男**　まあ、せいぜい早くな、君がいうんだから。
**女**　じゃ、今夜、晩御飯《ごはん》のときはどう？
**男**　だめ、だめ、今夜はだめ。
**女**　じゃ、明日のお午《ひる》？
**男**　明日の午は外で食べる。ちょっと人と会う約束があるんでね。
**女**　じゃ、明日の晩は？　でなきゃ火曜日の朝、それともお午？　晩？　それとも水曜日の朝？　ねえったら、あなた、はっきり時間を言わなきゃだめよ、ね。でも、三日以上はぜったい待てないことよ。

こんな戯曲の一節がある。説明するまでもなく、老社長かなにかと、甘えてしつこく物ねだりする若い妻（あるいはゼロ号か）との新婚?風景の一コマだろうくらいのことは、直ちに察しがつこうと思うが、実はこれは「オセロ」第三幕第三場、ある一節の戯訳である。但し、戯訳とはいっても、「城で部隊長たちと会う」というのを、「ちょっと人と会う約束」と変えた以外は、終始きわめて忠実な逐語訳であることを申し添えておく。つまりこの場面、老将軍オセロと若い新妻デズデモーナとの関係は、まず老社長と若い新妻との関係にほぼそのままなのだが、ここにシェイクスピアの写している夫婦情景は、決して古めかしい時代物の「おじゃれ」や「たもれ」ではない。戦後当世の男女会話にだって結構通じるピチピチした水々しさをもっているのである。

そしてこれは冗談だが、筆者はかねがね、一度はあの「ヴェニスの商人」、ことにシャイロックを、関西弁で訳してみたい誘惑を感じている。実は筆者もすでに訳を出しているのだが、たとえば有名なあのシャイロックの啖呵（第一幕第三場）を、

「へえ、旦さん、アントーニオの旦さん、あんさんはな、わてが金ェ貸して、利息ゥとるいうて、ずいぶんわてのこと、わやくそにいやはりましたもんやで。ほいでも、わてァ、じいっと辛抱して黙っとりましてん。罰当りっともいわはりましたで。人殺しやともいわはりましたで。あんた、憶えてはりまっか、このわての着物にな、唾ァ吐っかけたことか

てありましたんやで。へん、しょうむない、わてのもの、わてが勝手に使うのん、なにが気にくわんいうんやね。それがどや、今日はわてんとこへきて、金貸してくれェ言わはんのやろ。阿呆かいな、ほんまに……いつかはどや、このわてに痰唾ァ吐っかけよって、なんのこたない、ドラ犬でも蹴っとばすみたいにな、ポーンと足蹴にしよったあんたやないか？　それがどや、今日？　話は金や、金貸せェ言わはんのやろ？　ほんまになァ、なんちゅうたらええのんやろなァ！　こんなん、どうだす？　『へえ、犬にお金《あし》がおましたやろか？　畜生風情のこのわてにだっせ、三千ダカットの御用立、そんな大それたことが、あんさん、でけるもんか、でけんもんか、考えてみやはったらどうだす？』それとも、こんなんも、ひとつ、どうやろか？　な、旦さん、あんさんの前に、こう平突《へいつ》くばりましてやで、奴隷みたいなオロオロ声で、こう、ひとつ、いきまひょか？　『へえ、旦さん、おありがとうござります。こないだは、唾ァ吐っかけていただきやしたし、いつかはまた、蹴っとばしてもいただきやした。ご親切のご返礼にァ、然々《しかじか》かようの金子《きんす》、きっと調達して参りますよってに』と、こんなのどうや、あかんやろか？」

　はじめにもいったように、これはもちろん冗談である。本気で別にやる気はないが、ただ言いたいのは、人種的偏見の下に長い間、ひどい蔑視と迫害を忍従してきたユダヤ人シャイロックが、一挙にその鬱屈、内向していた憎悪を、しかも威勢よいというよりは、むしろネチネチと悪がらみするように吐露していくこの件り、筆者にはどうも東京弁の標準語でいくよりも、あの関西弁の上方人金貸しという映像でひそかに描いてみる方が、はるかにぴったりくるような気がするのである。もちろんシャイロック即関西人などという早合点をいっているのではない。が、それでいて、この両者にはなにか共通するものがある。そしてこの喜劇を読みながら、勝手な想像だが、一方にシャイロック、他方に上方人金貸しといったところを相対置させてみると、シャイロックがどうして三百年も古い、遠い地球の裏側の人物ではなく、現に今も脈々と生きてわたしたちの間にもいるといった実感がするのである。

もちろん、これは筆者だけの身勝手な鑑賞で、毛頭他人に押しつけるつもりはないが、それにしても筆者にとっては、およそシェイクスピア作品の人物ほど、身近い同時代感をあたえてくれるものはない。現代服演出の話が、思わぬところまで逸脱してしまったばかりか、現代性といっても比較的瑣末な外形的な点ばかりについて書いた気もする。枚数もつきたから一応筆を擱くが、もちろんシェイクスピア劇のもつもっと大きな世界観、人間性問題などの現代性については、いずれ稿を改めて書くつもりだし、またそうしなければならないとも思っている。

## 10

前節は、シェイクスピア劇の現代性というようなことについて書いたから、こんども、もう一度、同じ問題に関連して、しかし多少別の角度から考えてみることにする。

シェイクスピアが、あの三十何篇かの劇を書いたのは、いうまでもなくイギリス・ルネサンスと呼ばれる一時期である。イギリスだけでいえば、もちろんエリザベス朝であるが、より広くヨーロッパ文化的にいえば、ルネサンス期という言い方の方が、より適当であろうし、事実、処女王エリザベス四十五年間の治世は、イギリス・ルネサンスのめざましい開花期であった。

ところで、ルネサンスというと、従来なんといっても、まず常識的に強調されたのは、人間解放、人間回復という、奔放不羈といってもいいほどの輝かしい一面であった。つまり、よく引かれるテレンチウスの「私は人間だ。人間に関することは、一として私に無縁であるとは思わない」Homo sum; Humani nihil a me alienum puto に集約されるような、限りない人間への興味、ラブレェが皮肉にも「テレームの僧院」での唯一の戒律として掲げた「汝の欲するところをなせ」Fais ce que voudras に象徴される解放精神、さてはガリレオの「それでも地球は動く」Eppur si muove や、フランシス・ベイコンのいわゆる「知は力なり」Scientia est potentia に代表されるような、あくなき無限の知的探求への自信、等々といったそれであった。またそれはシェイクスピアでいえば、「ハムレット」第二幕第二場のあまりにも有名な「なんというすばらしい傑作だ、人間って奴は！　なんという気高い理性！　無限の能力！　姿、行動の見事さ！　その知能は天使にも劣らず、まこと神にも似た存在！　世界の華！　万物の鑑！」の人間礼賛、さては「ウィンザーの陽気な女房たち」第二幕第二場の「世界はまさにわが牡蠣殻《かき》、わが剣もてこじあけむ」という気負いにも通じるものでなければならぬ。（なお念のためにいえば、最後の「牡蠣殻云々」はピストルが口にするセリフで、原作の前後ではもっと軽い意味で使われているにすぎないのだが、その軽い冗談口一つにも意気軒昂たるものが現われていて、ルネサンス精神を象徴するものとして解せられたことがある。）

こうしたルネサンス観は、周知のように、十九世紀後半のブルクハルト、またイギリスでいえばJ・A・シモンズなど以来、長く定説の如く行われていた解釈であったが、これもまた周知のように、第一次大戦以後は、むしろその反動期に入っているともいえる。大ざっぱにいえば、フランスのジルソン、イギリスのドーソンといったようなカトリック系の中世文化史学者などから首唱され、最近は「エリザベス時代の世界像」を著したイギリスの文学史家ティリアードなどにも及んでいる。つまり、中世から近世ルネサンスへの推移には、決してブルクハルト流の見解が主張するようなコペルニクス的転回があったわけではなく、ルネサンスもあくまで中世からの連続発展にすぎず、ルネサンス社会にも、中世風の世界観、人間観の秩序は、厳として信じられ、生きていたと論証するのである。

いいかえれば神中心の整然たる階層秩序《ヒエラルキー》を根幹とする中世教会の世界観に巧みに組み入れられた古代プトレマイオスの天文学に基いて、宇宙は上なる天と下なる地獄との中間にかかるものであり、その宇宙はまた地球を中心に整然たる秩序をもって運行するもの、そしてその地球上の自然も、人間社会も、いや、人間そのものまでが小宇宙として、すべて上は人間から下は生物、無生物まで、また上は帝王から人民まで、さらに人間そのものの諸機能すら、これまた理性の宿る頭脳や生命の根源としての心臓を頂点として、すべて上から下への斉一した秩序によって統べられている。そしてそれを破ることが混乱であるという信念は、ルネサンス社会においても強く生きていたとするのである。

ここでこうした論議を根本的に検討することは、その余裕もないし、また筆者の能力も十分であるとはとうてい考えないから、一応控えるが、思うに、ブルクハルト流のルネサンス観は、進歩の観念に陶酔していた十九世紀後半の時代思潮のやはり産物として、特に中世との断絶の面を強調したかったからであろうし、逆に近年のドーソン流のそれは、これまた先行する進歩主義的ルネサンス観がまず強く頭にあり、それへの反作用として中世的要素の強調に特に力を入れたとは見られないであろうか。

結局、筆者など一歩はなれた立場から見れば、ルネサンスにまで連続する中世的世界観の信仰が依然として強く生きていたことも事実なれば、同時にそれを打ち崩す強い懐疑的リアリズム、奔放な人間解放精神もまた、脈々としてすでに興っていたというのが、ありようではなかろうか。いわば二つの潮流、たとえば干潮と満潮とがはげしくぶつかり合い、表面はまだ強い中世的世界観という干潮が強く流れていても、底流としてはすでにルネサンスという新しい人間中心の世界観、人間観が解放精神として躍動をはじめ、随所に噴流となって奔騰していたというのではあるまいか。そうした二つの潮の衝突と干渉は、自然現象としても珍しいことでないが、そうした激しい動きこそもっとも興味深いルネサンス文化の特色なのではなかろうか。

前置きのはずが長くなったから、この辺で本題のシェイクスピアに移るが、こうした時代の激しい動きが、そのまま如実に鏡面のように映し出されているのが、シェイクスピアばかりでなく、エリザベス朝演劇を通じての尽きない興味であるように思えるし、またそうした時代の重層性というか、二つの潮の衝突、干渉ということは、エリザベス朝社会だけの特産物でなく、ある意味では現代社会にも、形を変えてではあるが、通じるものと考えられるだけに、そこにエリザベス朝演劇、とりわけシェイクスピア劇の現代性として受け取る興味が十分あるように思えるのである。（そしてエリザベス朝演劇のように、市民演劇として成長発展した場合、解放精神のより強く反映されているかに見えるのはやむをえないのではないか。）

そこでシェイクスピアでいうと、これは「トロイラスとクレシダ」に、あまりにも有名なギリシャの将軍ユリシーズの大演説というのがある。（第一幕第三場）

「あの天、遊星、そしてこの地球もまた、ちゃんと秩序にしたがって、階級、先後、位置、規律、時期、釣合い、任務、習慣というものを、厳しく守っている。」というのにはじまり、以下群星の間における太陽の君臨ぶりを、そのまま国王の威権になぞらえ、さらに、

「もしそれらの遊星が、邪《よこしま》な連合をつくり、秩序を乱すということになれば、その結果はどうである。疫病はびこり、凶兆乱れ飛び、たちまち世は反乱である。海は荒れ、地は震い、風は狂い……国家の平穏、統一は、たちまちにして破れる。……もし階級というものを除き去り、その階和の弦を狂わすならば、来るものは、たちまち乱調の不協和音！」といった工合で、以下足曳の山鳥の尾のような長広舌が長々とつづいて、階層秩序の意義を強調するのである。

「トロイラスとクレシダ」ばかりではない。「ヘンリー五世」を読むと、これもカンタベリ大主教の言葉として、まったく同じ趣旨のものがある。（第一幕第二場）これもやはり、「神は、国家の中に種々の職能を分ちつくって、たえず活動させておられますが、それには一つ目標として、服従ということが定められております」というのにはじまって、以下蜜蜂王国の例を引いて、女王蜂、雄蜂、働き蜂のそれぞれ機能がはっきり分れながら、しかも整然たる秩序を保っている事実を挙げ、「もし一つ目的に一致してさえおれば、それぞれ異なった物の働きも、ことごとく見事に用をなすことは、八方から放たれた矢も、最後に一つ的に集まるがごとし」というようなことを言い出すのである。

ついでにもう一つ、「ジュリアス・シーザー」第二幕第一場、ブルータスの言葉を引けば、これは同じ論理を人間ひとりひとりの小王国に適用し、ひとたび理性の命令に身体諸器官が従わないとなれば、「王国は内乱の状態を現出する」とも言っている。こうした引例がいくらでもできることは、もちろん、そうした世界像が強く信じられていたことでなければならない。（上記ティリアードなどは、シェイクスピア以外の文献から、実にいやになるほど夥しく引いている。）

が、わたしたちはまた、まるで反対の方向からする、さかんな同時代的発言も見落すわけにはいかない。

まずシェイクスピア以外の作家からはじめるが、それには若き日のシェイクスピアが明らかに兄事したクリストファ・マーロウがある。マーロウの悲劇は、すべて神を蔑《なみ》する不逞の精神に溢れているといってもよいが、わけても「マルタ島のユダヤ人」になると、いきなり幕開きにマカヴェル、つまり、マキアヴェリが口上役で出て、「宗教などは児戯にすぎぬ。無知のみが罪悪である」というような罰当りの発言をする。(そういえば、マキアヴェリは、シェイクスピアの芝居でも、初期の「ヘンリー六世」、また「ウィンザーの陽気な女房たち」などで、両三度は言及がある。)

そこでシェイクスピアにくるが、なんといっても興味深いのは旧い秩序意識から完全に解放された人間——中には悪役にまわっているのもあるが——の登場である。たとえば「ジュリアス・シーザー」の策士キャシアスは、

「ねえ、ブルータス君、僕らがウダツの上らないのは、なにも運星が悪いんじゃない。僕ら自身が悪いんだ。」というようなことをいう。もはや天体調和説の人間世界への適用などは信じていない。王侯将相いずくんぞ種あらんやの概である。

「リア王」になると、グロスター伯の庶子エドマンドなる人物が出る。庶子妾腹の身分を卑下するどころか、昂然として彼はいう。

「自然よ、あなただけが僕の女神だ。僕はあなただけの法《おきて》にしたがう。なぜ僕は忌々しい世間の習俗などに煩わされて、当然の権利を奪われなければならないのだ。……妾腹がなんだ! なぜそれが下賤なんだ? 姿形も立派なら、心も堂々たるもの、本腹と、いった

いどこがちがうというのだ。それを世間は、やれ妾腹だ、下賤だと吐す。半分寝ぼけ眼で、だらけきった、感激もなにもない、おざなりのベッドでつくった本腹の阿呆どもよりは、人目を忍んださかんな欲情、それで生れた妾腹の方が、はるかによくできてもいれば、人間も逞ましいはずだ」（第一幕第二場）

といった工合で、信じるのは自然の原理だけ、だからこそ平然として嫡子エドガーを追い落そうと謀むのである。

もっとも痛快なのは、なんといっても例のフォルスタフの生活原理である。この飲んだくれの助平親爺は、かりにも武士であるというのに、その人生指針は、「戦場へはびりっ尻《けっ》から、宴席へは真先かけて」（『ヘンリー四世』第一部第四幕第二場）というのであり、だからこそ、「武士の面目？　なんだ、そいつは？　単なる言葉じゃねえか。じゃ、面目って言葉ァなんだ？　空気じゃねえか。……面目で、切れて飛んだ脚が元通りになるか？　だめだろう。じゃ、腕は？　そいつもだめ。じゃ、傷の痛みがとれるとでもいうのか？　そいつもだめ。じゃ、外科医の役にも立たねえじゃねえか。……つまんねえ話。そんなもの、おらァ真平だ」（同、第五幕第一場）といったことにもなるのである。

果して戦場へ出て、強敵に会うと、たちまち死んだ真似をして生命を助かる。しかも敵が去ったとなると、ノコノコ起き出して、なんというか？「勇気でかんじんなことってのァ、頭を使うことよ。そいつのおかげで、この通りおれも生命を助かった」（同、第五幕第四場）と、ケロリとしていうのである。したがって彼にしたがえば、「ウグイの稚魚はカマスの餌食ときまってらァね。取って食うのが、なぜいけねえっていうんだ」（第二部第三幕第二場）といった調子で、弱肉強食は当然というわけ。ただ下世話に砕いただけで、マキアヴェリズムとどこがちがうかということである。

これがシェイクスピアだけの専売でないことを示すために、もう一つだけ例を引くと、彼と同時代作家にトマス・デカーという男がいる。「靴屋の祝祭日」という、実に豁達をきわめた当時の市民階級、すなわち靴屋仲間の愉快な生活を描いた写実喜劇をのこしているのであるが、「おらァ王様じゃねえが、性根は立派に王様よ」を口癖にする靴屋の親方、愉快なサイモン・エアはともかくとしても、その中に登場する国王でさえもが、「血統だの門地家柄の相違だのといっても、恋になんのかかわりがある」（第五幕第五場）と言い出して、身分ちがいの貴族の青年と市民の娘との恋に粋な裁き役を買って出る始末である。

もう一つついでにつけ加えれば、これも同時代、失名氏の作に「エドモントンの愉快な悪魔」と呼ぶ喜劇がある。地方庶民の楽しい生活を描いた愉快な芝居だが、「どうせみんな一度は死ぬ人間。息のあるうち、ドンと陽気にやっつけて、あとはそれでおしまいって奴さ」と、これもまた口癖のようにいうのが牧師様なのだから驚くではないか。

挙げておればキリがないから、一応この辺で打ち切るが、要するにこれらの人物は、作意上の善悪、その役まわりのちがいはあっても、すべて人間自力に信頼をかけ、それによって十分に人生を楽しみ、逞ましく生き抜いて行こうという人間である点では共通である。彼等にとっては、あらかじめ存在以前に決定された運命や階層的秩序に隷従する意志はまったくない。

そこで、そろそろ結びということになるが、先にも述べたように、イギリス・ルネサンスとも呼ばれるエリザベス朝社会に、依然として中世紀風の世界像、秩序観念が強く信じられていたことは疑いない。世界像ばかりではない、四体液《ヒューマー》説といわれる中世医学や生理学、錬金術や魔法への信仰というようなことにいたるまで、これらはあくまで中世からの連続である。が、他方にはまたシェイクスピアをはじめ、エリザベス朝作家の多くに、マキアヴェリのリアリズム（かなり歪められた形でではあるが）やモンテーニュの懐疑主義、さらには無神論というようなものまで、かなりの影響を及ぼしていたことも事実である。そして中世的な考え方が、どちらかといえば支配層や、またはその周辺の筆になる文献に多く、その反対のものが、自由に伸々と人生を楽しむ庶民の声や、比較的不遇な条件にある人間の不満反抗として現われていることも争えないようである。

そしてこうして見てくると、これは果して遠い地球の裏側のエリザベス朝イギリス社会だけの特殊状況だったのであろうか。どうやら問題は、現代の社会にも決して無縁ではないように思える。ここは差し当りシェイクスピアだけについていうのだが、こんなところにも彼の劇を読むとき、決してそれは遠い昔の話でない、多くの生きた現代的興味をそそられるのである。

## 11

またしても無方針、無計画でまことに恐縮だが、この辺でひとつ、シェイクスピアの伝記、といっては大袈裟だが、シェイクスピアという人間について、しばらく書いてみることにする。彼の作品もとにかく、少くとも筆者にとっては、シェイクスピアという一人のこのエリザベス朝人間像がまた、なににもまして興味深いものに感じられるからである。

よくいわれるように、もし絶対に確実だという資料だけにかぎって書くとすれば、おそらくシェイクスピア伝というのは、どう考えても十数ページの小冊子以上になることは、まずあるまい。もちろん千ページにも近い、あるいはそれをこえる権威的伝記書もいくつかあるが、要するに大部分は作品論、作品考証、あるいは時代的、社会的背景かが占めているのであり、肝腎の伝記的記述ということになると、信憑度の厚薄という差はあれ、ほとんどすべてといっていいくらい、伝承、伝説類、あるいはもっとひどいのはいわゆる神話《ミス》の集積にすぎないといってもよい。

わずか四百年足らず昔の人間であるというのに、一通の書簡、一片の日記、覚書といったようなものも残っていない。また四十篇近い劇作と長短数篇の詩作がシェイクスピア作として伝えられているわけだが、これも原稿といっては一行も残っていない。シェイクスピアの筆跡としてまず疑いないのは、わずかに六つの署名があるだけである。（もっとも原稿については、ここ半世紀あまり前から古文書学者たちによる論議の末、合計何十行かの自筆原稿断片が残っていると主張され出した。というのは、当時のある悲劇一篇が原稿そのままで今日まで伝えられているのであるが、その原稿には幾人か別の作者の協力がある。その加筆補修の一つが、シェイクスピアの筆跡にまずまちがいないというのである。現在では大体承認をえた形になっているが、これとて絶対確実な証拠があるわけではないので、いかに厳密な古文書学的検討の結果とはいえ、推定といえばどこまでも推定の域を出ないことはいうまでもない。）

ところで、筆者はシェイクスピアの伝記的資料が乏しいと書いた。だが、これはあくまで比較の上の話であって、エリザベス朝文人、ことに劇作家などについては、これでもシェイクスピアほど詳細に洗い上げられている作家は、「フォースタス博士」の作者であるマーロウくらいをのぞいては皆無だといってもよい。たとえばベン・ジョンソンといえば、一時は文壇、劇壇の大御所として、明らかにシェイクスピアの対抗馬と目してよい諷刺喜劇作家だが、その青少年時代のことなどは、不思議なくらいわかっていない。継父が煉瓦職人であったくらいはわかっているが、かんじんの実の父母が誰であったか、またいつ、どこで生れたかもわかっていない。結婚したときも不明なら、その細君の名も、子どものことも、なにもわかっていない。それを考えると、シェイクスピアの場合は、骨までしゃぶるように後世の研究家の手で調べ上げられたということもあるが、おそらく本人が地下で知れば迷惑がろうと思えるほど洗い出されているのである。

それにもう一つ、前提として書いておきたいのは、周知のように、シェイクスピアについては数多くの生存否定説というのが、いまだにある。一ばん有名なのは、いうまでもなく例の哲学者、文人フランシス・ベイコン説である。これは古い。十八世紀以来のものである。そのほか最近にいたるまで、この問題にあまり興味のない筆者の知るかぎりでも、優に四、五人の影武者説を挙げることができる。

もっともこうした生存否定説が出るについては、多少の理由がないでもない。というのは、この時期にストラットフォードで生れて死んだウィリアム・シェイクスピアなる人物がいたことは絶対にまちがいないし、また当時ロンドンにおいて、今日彼の名で伝わる作品群を書いたウィリアム・シェイクスピアと名乗る人物がいたことはまず疑いない。当時その名で刊行された詩集、脚本が現に存在するからである。そこまではまずまちがいないのだが、それならばそのストラットフォード生れのシェイクスピアが、絶対確実にあの作品群をのこしたシェイクスピアと同一人かということになると、疑えば疑える余地がないでもない。つまり、この二人を結びつける絶対決め手の証拠というのは、きわめて薄いからである。

たとえば、彼が死の一カ月前に署名している遺言書というのがあり、その中にヘミング、バーベッジ、コンデルという三人の友人に、形見の指輪を贈る費用として二十六シリング八ペンスを当てる、という一項がある。リチャード・バーベッジは、しばしばシェイクスピア劇の主人公役を演じた当代随一の名優であり、ヘミング、コンデルの両者もまた同じ劇団の幹部俳優、しかもシェイクスピアの死後最初の全集を出した編者である。またシェイクスピアの自作をはじめ、当時の芝居に彼が役者として出演していることは、これも当時の俳優リストで明らかである。したがってストラットフォードのシェイクスピアが、ロンドンに出て俳優であったり、劇場の株まで持っていたことは（これにも確実な資料がある）、まずまちがいないが、さればとて、いささか推理小説めくが、劇作家シェイクスピアを、強いて疑おうと思えば疑えないことはない。つまり、ベイコンなり誰なり、特に作者として名を出すことを避ける必要のある人物がいて、たまたま劇団にいたシェイクスピアの名をかりて作品を発表し、とうとうそれを死後まで押し通してしまったということも、奇矯ではあるが、絶対に不可能だとは言いきれない。

まずそんなところに、ベイコン説等々の出る隙はあるといってもよいが、もちろん筆者はそれらを支持してこれを書いているのではない。たしかに疑えば疑える点はあるにしても、やはりストラットフォードのシェイクスピアが、今日残る劇および詩篇だと信じており、以下ももちろんその線で書くわけで、これはただよく出る質問だから、多少詳しく触れてみたにすぎない。

さてそのシェイクスピアは、一五六四年に生れた。（日本では四年後に織田信長が、はじめて京都入りの目的を達している。西欧ではこの年ミケランジェロ、ジョン・カルヴィンが死に、ガリレオ・ガリレイが生れている。）生れた精確な日はわからない。ただ四月二十六日に幼児洗礼を受けている記録があるので、まずその三日前の二十三日くらいだろう。しかも後に死ぬのがやはり四月二十三日なので、結局生れたのも二十三日として生誕と死亡との双方の記念日にしているにすぎない。

生地は、いうまでもない、エイヴォン河畔のストラットフォード（Stratford-on-Avon）――ロンドンから北西へ百マイルばかり、中部イングランドのウォリック州の南の方にある、中世ごろから名前の出ている古い町で、シェイクスピア当時は人口二千足らずだったようだが、現在までもっとも変ることの少い、いいかえれば昔の町のたたずまいをよく残している町だといわれている。古くから農産物を集散する市場町として発達し、したがっていろんな手職の職人たちもよく集まっていた。「夏の夜の夢」に出るあのボトム以下職人たちの楽しい生活は、そのまま少年時代のシェイクスピアが見なれていたものであったかもしれない。

とにかく中世封建領主の城下町とはちがい、市場と商業で伸びた町なので、早くから比較的自由な市民精神が活発であり、シェイクスピアころには、かなり徹底した自治組織を築き上げている。このことはシェイクスピアの作品に溢れるあの豁達な精神を理解する一つの鍵と見てもいいのではあるまいか。あの「ウィンザーの陽気な女房たち」は、案外「ストラットフォードの愉快な女たち」であったかもしれぬ。

また町はずれをエイヴォンの清流に洗われるこの市は、いまなお実に美しい自然環境に恵まれているが、加えて当時は河から北へかけて、これも有名なアーデンの森というのが、遠くはるかにひろがっていた。「お気に召すまま」の舞台になるあの森であり、また「夏の夜の夢」のあの妖精たちの森も、おそらく作者はやはりこのアーデンを頭に描いていたに相違ない。シェイクスピア作品に見るあの驚くべき作者の植物や動物への知識も、もちろん彼自身二十歳過ぎまで、身をもって親しんできたこの自然から獲られたものにちがいない。この青少年時代の環境も、シェイクスピア理解の上には、絶対見のがしえない要件であるように思える。

そんな市で彼は裕福な家に生れた。父は革手袋商《グラヴァー》とあるが、これは皮革つくりから革製品の製造、販売をかねてやっていたようで、少くともシェイクスピアの生れたころは、相当に商売繁栄していたと見られる。ただに裕福なばかりでなく、いくつかの市の名誉職に選ばれて活躍している記録がある。が、シェイクスピア十二、三歳のころから、原因はわからぬが、にわかに家運が傾き出した形跡がある。名誉職としての会合にも一切顔を出さなくなって、別人に取って替られているし、教会にさえ出席しない。それも債鬼をおそれてらしいとあるくらいだから、これはよほどひどい。

そこでシェイクスピアの教育も、当然町の文法学校《グラマー・スクール》、つまり小学校止まり（それも中退したという説もある）ということになるわけだが、ただこの小学校の教育水準ということでは、最近のいろいろの考証研究で、以前の無学同様というのとは異なり、古典ラテン文の学習などをも含めて、かなり高かったという評価になった。前にも述べたシェイクスピアの対抗馬だったベン・ジョンソンが、彼を評して「ラテン語はほとんどだめ、ギリシャ語はなおさら」Small Latin and less Greek といったのが長く残って、シェイクスピアといえば無教養者、そんな男にどうしてあの作品が書けるかというので、これも例のベイコン説その他の出る根拠の一つになったくらいだが、これは近来改められた。ジョンソンのような古典主義のチャンピオンをもって任じ、事実その方面の能力にも自信があった彼から見てこその Small Latin and less Greek と考えなければなるまい。

さてそんなわけで家運衰退のせいか、にわかに青年シェイクスピアの消息はわからなくなる。そして次に現われるのは、結婚の記録である。一五八二年も押しつまった十一月の末か、十二月のはじめに、十八歳の彼は、なんと八歳年上のアン・ハザウェイと呼ぶ女と結婚している。どういうイキサツがあっての上かは一切わからないが、面白いことに約半年後の翌年五月末には、長女スザナが生れている。ということは結婚式のときには、すでに四カ月ばかりのスザナが母の胎内にいたことになる。挙式を急いだ原因も、おそらくこの辺にあったのだろう。あと一年おいて一五八五年には、つづいて二卵性の双生子長男のハムネットと次女のジュディスが生れている。が子供はこれで終りであり、ハムネットは十一歳で夭折する。

が、そこでまた確実な資料はピタリと絶える。そして次にお目にかかるのは、一五九二年すでに新進劇作家としてロンドンで名声を挙げているシェイクスピアである。つまり二十一歳から二十八歳までがさっぱりわからないのである。したがって、それを充たすのはいわゆる伝説であるのだが、これらはあまり当てにならぬ。中でも古来一ばん有名なのは、鹿盗みのそれである。ある近隣の地方豪紳の猟園《パーク》の鹿を盗んだことが発覚し、いろいろイザコザのあった揚句、郷里にはいられなくなり、それでロンドンに出奔したというのである。もちろん真偽は不明。だが、ただ前述もした結婚の事情なども考え合せて、必ずしもあまり石部金吉の模範青年ではなかったらしい。そんな若き日の面目も想像されて、この伝説、案外真実の一面を衝いているのかもしれぬ。が、それはとにかく一五八〇年代の後半、少くとも二十二、三歳のころには、ロンドンに出て劇団に身を投じていたらしい。

そこで二十八歳の一五九二年になると、急に彼への言及が相次いで現われる。もっとも名高いのは、この年ロバート・グリーンという、一時はロンドン劇壇でも大いに人気のあった先輩劇作家が死んだが、その彼が死の直前に一種の懺悔録のようなものを書きのこした。いろいろ仲間の作家たちのことが出るが、その中に一人、「役者の皮に虎の心を包んだ奴」だの、「他人の羽毛で美しく身を飾っている成上り者のカラス」だの、しかしまた「まったくの千手観音《ヨハンネス・ファクトーツム》」で、まずは「当代唯一の当り屋気取り《シェイク・シーン》」だなどと、だいぶひどく当られている作家が出る。これが明らかに新進作家シェイクスピアを指すものであることは、まずShake-sceneの駄洒落ひとつでもわかろうし、また「役者の皮に虎の心、云々」がそのままシェイクスピア初期の作、「ヘンリー六世」第三部の中の一行のパロディであるからである。これで見ても、このときすでに彼の名声は、朋輩作家の嫉妬を買うまでに確立しかけていたことがわかる。

だが、それにしても劇壇登場ぶりはまことにめざましかったといわねばならない。郷里を出るとき、すでに劇団に関係ができていたらしいのはほぼ確実だが（つまり、ある劇団がストラットフォードへ巡業に来たとき、そのまま身を投じて出たらしいというのである）、さればといって、いきなり作家として加わったわけではもちろんない。はじめは馬で芝居見物にくる貴族などの馬番をしたなどという伝説まであるくらいである。果してどうか疑問だとしても、最初に役者になったことは確実である。おそらく役者をやりながら、他人の作の上演脚本に補筆したりしているうちに、早くも才能を見出されたのであろうか。シェイクスピアの方もまた実によく先輩作家を学んだ。ことに若くして謎の死をとげた天才作家クリストファ・マーロウには、模倣といってもいいほどの影響を受けた。「ヘンリー六世」三部作から「リチャード三世」あたりまでの初期の史悲劇は、露骨なまでのマーロウぶりである。「他人の羽毛で身を飾る、云々」の批評も、あながち当っていないとはいえぬ。もっとも模倣ばかりが取柄ではない。「恋の骨折損」「ヴェロナの二紳士」など初期の喜劇を読めば、完成度の問題はさることながら、とにかくコンコンと溢れ出るその才能の豊饒さには、目を見はらずにはいられない。

それにしても二十三、四歳あたりで書きはじめ、二十八歳のときにはすでに儕輩を圧していたというのでは、たしかに早い。「成上り者」と呼ばれても仕方がないほどである。たまたまおそるべき競敵であるべきマーロウは翌一五九三年に不慮の死をとげるし、その他の先輩作家たちも相次いで凋落期に来て、いわば一種の交替時期であったという好運はあったにしても、やはりこれはおそろしく早い。そんなところにも、シェイクスピアの存在について多少首をひねりたくなる人も出るわけだが、やはりこれは作家の天才的鉱脈がうまく掘り当てられたというだけのことで、必ずしも不可能とはいえないであろう。

## 12

さて前節では、シェイクスピアが二十八歳ごろまでに、すでに新進劇作家として不動の地位を確立していたことを述べた。以後四十七歳ごろまで、つまり二十年足らずの間にあの三十数篇の劇作をのこすことになるわけだが、そのことについて述べる前に、ここでひとつ彼の詩作について触れなければならない。

一五九三年と一五九四年というから、先にも述べた彼が朋輩作家の激しい嫉妬を買うほど劇作家としての地位を確立したその直後だが、彼はこの二つの年に「ヴィナスとアドニス」、「ルクリースの凌辱」という二篇の浪漫的な物語詩を出版している。（この両年、ロンドンは疫病が流行のために劇場が閉鎖されていた。その閑暇を利用したとも見られる。）前者はギリシャ神話の有名な挿話、後者は古代ローマのこれも有名な史話を材にした、豊麗な、そしていかにも青年詩人らしい水々しい恋愛詩だが、いずれも当時としては珍しいほど好評で、生前だけでもいくどか版を重ねた。

が、いまこの二篇の詩のことに触れたについては、もっとほかに理由がある。というのは二つとも、はっきり献呈の辞がついていて、その献げられた相手というのは、サウサンプトン伯ヘンリー・ロッリーと呼ぶ当時まだ十九か二十歳、若くて美貌で金持で、しかもエリザベス女王のお気に入りという貴公子であった。動機は至極はっきりしている。つまりこれら詩篇を献げることによって、将来パトロンとして眷顧を与えられんことを求めたのである。まだ現在の文壇のようにジャーナリズムの世界が成立していない当時にあっては、新進文人としてよきパトロンが獲られるか否かということは、ある意味では死活の問題でさえあった。文人たちはずいぶんこの問題で苦労したものなのである。だから、シェイクスピアも、さっそくパトロン探しをやったわけ。だから、いわば押しかけの献呈といってもよいが、彼の場合は見事それが成功した。単にパトロンとして相当の物質的補助をあたえられたばかりか、そうした関係をこえて心を許し合った友人でさえあったらしい。いずれにしてもこのパトロン獲得に見せたシェイクスピアの手際の鮮かさも、人間シェイクスピアを考える上に見逃すことのできない一事であるはずだ。

さて劇作家としての名声も順調に上るわけだが、一五九五年―一六〇〇年、いいかえれば三十代の前半期というのは、作家としては円熟期、「夏の夜の夢」、「ヴェニスの商人」、「お気に召すまま」、「十二夜」、またフォルスタフの登場で有名な「ヘンリー四世」

の二部などの出るのはすべてこの時期だが、同時に世間的評判の点では、一生のうちもっともいい気持で劇壇随一の人気を独占した時期ではなかったか。というのは、競争的な先輩作家は、相次いで若死したり、凋落したりするし、といって将来対抗馬になるような、たとえばベン・ジョンソンなどという新作家はまだほとんど登場していなかったからである。

道理でこのころから特に目立ち出すのは、彼が着々として家運を挽回しているらしい記録である。一五九六年には、彼の父が紋章使用の許可を申し出て、許されている。紋章使用というのは、日本の昔でいえば百姓にして苗字帯刀を許されるなどというのと同断で、つまりこれでシェイクスピア一家は紳士並みの家格を認められたことになる。つい十年あまり前まで零落して債鬼に責められていたことを思い出すと、たいへんな変りようだが、これが息子の成功のおかげであったことはまずまちがいあるまい。

次に翌九七年になると、こんどは詩人が故郷ストラットフォードの町に、ニュー・プレイスと呼ばれる町でもっとも大きな家の一つと見られたものを購入している記録がある。(のちにはさらに二軒の納屋、二つの庭、二つの果樹園というのまで買い足している。) さらに翌九八年になると、これも金に困った故郷のさる知人に泣きつかれて、相当額の金を融通しているらしい記録がある。

少しおくれるが、一六〇二年になると、相当の広さの耕地、牧場を新規に買っている。

また同じ年に別に一軒、家も買い足している。その後にもまだ金銭関係の記録はいくつかあり、それらはすべて彼の経済的裕福を示すものばかりである。

それではシェイクスピアの収入源は何であったか。劇作品の出版による収入、これは一文もなかった。現在でいう版権などというものはなく、商業ジャーナリズム成立以前の話である。生前出版された劇は、すべて海賊版か、それに準ずるものと思えばよい。座付俳優兼作者の彼に、今日でいう上演料などというものがあったとは考えられぬ。俳優としての報酬も、果していまのような形であったかどうか。そんなわけで、収入源の大部分を占めたのは、彼が所属劇団の大株主の一人として純益の配当に与っていたこと、また一方劇場の共同所有者としても何分の一かの配当に与っていたことであった。劇場の方は、のちに二つの劇場を持つようになり、一年を通じて興行できるようになったから、かなり経営状態はよくなっていたはずである。

そんなわけで、相当に裕福であったことは察しられるが、それでは実際どのくらいの収入であったか。もちろん正確にはわからない。だが、どこにも物好きな研究者はいるもので、いろいろと推定の数字は出されている。ただ幅が広くて多少困るが、高いところで年収約六百ポンドとするのから、低いのでは二百ポンドくらいと見るのまで。六百ポンドは明らかに大きすぎると思うが、かりに二百ポンドとしてみても、今日の貨幣価値に直してみれば、結構裕福な収入であったことにまちがいない。

それにしても思うのは、二十歳を過ぎたばかりのころには、家運の没落で、悪くいえば夜逃げ同様の恰好で故郷を出たかもしれない青年が、三十歳代の半ばには早くも着々と家運を再興し、ストラットフォードでも有力な家作持ち、土地持ちになっている。三十代だから驚くのである。かりに筆者がもし青年シェイクスピアだったとしたらどうか。果してこの若さでこんなちゃっかりした成功者になれていたろうか。かえりみて首をすくめざるをえない。才能もとにかく、その成功の果実を着々と理財、致富にまわした、まるで老成者でも見るような世間知である。

さて、本節では主として人間シェイクスピアを考えるのが当面の目標で、作品論をするのが目的ではないから、その方は大急ぎで流すが、一六〇〇年ごろ、つまり四十代に達する少し前ごろから、その作家的活動は絶頂期に入るが、同時に作品の傾向も変ってくる。喜劇にはどうも以前のような調子が出ず、もっぱら悲劇の時期になる。つまり「ジュリアス・シーザー」あたりにはじまり、例の「ハムレット」以下四大悲劇を経て、「アントニーとクレオパトラ」などに及ぶ時期である。こうした作風変化の原因については、内面からと外面からといろいろ研究者の臆説は多いが、いずれにしても推測を出ないのだから、ここでは一切省略することにする。

だが、ただ、この時期になって、女王エリザベスが崩じて、ジェイムズ一世の治世になるとか、興隆期ルネサンスの波に乗っていたイギリス社会にようやく暗い影が射し出すとか、そうした外的背景のほかに、劇壇だけをとってみても、もはや前時期のようにシェイクスピアの人気独占を許すような条件はなくなった。ベン・ジョンソンのような対抗馬の大物も現われたし、とりわけボーモント、フレッチャーという、これは二人の共作者だが、さしずめ日本でいえば河竹黙阿弥を思わせるような、深くはないが、見た目には実に巧みな芝居つくり、この二人の共作者が書き出した「悲喜劇」というのが、たいへんな人気をえて一大流行になった。この人気にはシェイクスピアも明らかに圧倒されたようで、「シンベリン」、「冬の夜話」などという、彼としては決して成功作とはいえない悲喜劇を、このころ三、四書いているのも、明らかに上述ボーモント、フレッチャーの作品にあおられたものと思える。

但し、それらは成功といえなかった。しかもこのころ、これも推測説にすぎないが、やはり一年平均二作くらいの割合で書きつづけてきて、さすがのシェイクスピアにもかなり精神的疲労がきていたという論者もある。が、それはとにかくまだ四十六、七歳、筆力も衰えたとは見られぬのに、突然筆を折って、おそくも一六一一年までには故郷ストラットフォードに引退しているのである。（最後の完成作「あらし」は、どうやら故郷に帰ってから、直後に成ったらしい形跡がある。してみると、静かな田舎にかえって、三年越しにあの見事な、いかにもこの詩人らしい作を出したというのも、あるいは上記の晩年疲労説を裏づけるかもしれない。）

引退後、一六一六年五十二歳で死ぬまで、故郷での生活は、要するによき市民として余裕ある生活を楽しんでいたらしい。少くともその反対であったという証拠はない。そして一六一六年のはじめころから、急に健康の衰えを感じはじめたらしい。一月には最初の遺言状を作らせている。が、その後これをいろいろと訂正させているうちに、三月末健康の方が急に悪化したものと見える。同月二十五日、訂正したものを清書させる暇もなかったらしく、あわてて署名を終っている。そしてさらに一ヵ月後の四月二十三日に死んだ。まだ家族のことなど書き落したが、差し当り重要事でもないから略すとして、これがほぼシェイクスピアの一生であった。

ところで、さて詩人、作家シェイクスピアではなく、一個の人間シェイクスピアとしてこの一生を考えてみると、筆者にはいろいろ興味ある感想が湧く。まず第一に、エリザベス朝劇作家、いや、文人と広くいってもいいが、その中でシェイクスピアほど順調に、そして人生の成功者として一生を全うしたものは、少し誇張していえば絶無といってもいいのではあるまいか。若気の奔放さで一生を誤ったものも少くない。シェイクスピアと同年生れ、優に彼と匹敵する天才として、現に若き日のシェイクスピアが明らかに先輩として兄事したマーロウは、わずか二十九歳の若さで酒場で凶刃に殺されている。政治的秘密警察に関係していたのが原因ということもあろうが、平素からの放埒不軌な生活も無関係とはいえまい。ベン・ジョンソンなども青年時代、若い朋輩俳優と私闘して殺し、危うく死刑を免れている。ロバート・グリーンなどは、放埒を悔いた懺悔録まで書かなければならなかった。

そうした脱線行為はなくとも、晩年筆力は涸れてしまって、まだ書かなければならず、いたずらに醜骸をさらしたものも実に多い。一時は大御所とわれも人も許したベン・ジョンソンにしてそれである。最後は完全に忘れられてしまい、まだ生きていたのかといわれたほどであった。そればかりではない、新旧両教徒の苛烈な争いや、宮廷勢力をめぐる政争などで、ある意味では人間の運命など明日をさえ予測できぬ不安な社会でもあった。一時は女王第一の寵臣であったサー・ウォルター・ローリが最後はロンドン塔に幽閉、そして断頭台の死を受けなければならなかったことはご存じであろうし、あの聡明なフランシス・ベイコンを以てしてすら、最高官位から一挙転落、失脚の悲運をなめている。生き難い世の中だったのだ。それをシェイクスピアは実に巧く、悠々と生き抜けている。

三十七歳の一六〇一年には、エセックス伯事件と呼ばれる叛逆事件があり、彼のパトロン、例のサウサンプトン伯も連坐して、終身刑に処せられた。被庇護者であるシェイクスピアにとっても、実に危険な一瞬間であったはずだが、どうしたものか見事に無難に切り抜けている。また五十歳足らず、創作力も人気も特に衰えたとは見えぬのに、あっさり筆を折って引退するなども、その退き際の鮮かさ、決してそう誰にもできる芸ではない。むしろ世に見る芸術家らしからぬ人生の達人とさえいえる進退であろう。

では、いったいどんな人間だったのであろうか。一五九二年というから、詩人二十八歳のときだが、ある男がシェイクスピアに会った人物印象を伝えている。人物評の最初のものだが、俳優、作家としての天分をほめたほか、人間評として愉快な青年、そしていかにも誠実さを感じさせる人間ということが記されている。以後、同時代人による記事は必ずしも少いといえないが、まずほとんどがこの調子である。すべて人ざわりがよくて、好感がもてて、sweet な人物といったものばかりである。ただ一つ、「あまり交際は好まず、道楽遊びなどはきらいで、誘われると身体が悪いのでと答えた」とあるのが、唯一の例外といっていいくらい、少くとも変りもの、変物だなどというのはまったくない。

放埒はしないが、結構人生は楽しんだらしい。以下はすべていわゆる「神話」的伝承で、どこまで信じていいか保証はできぬが、結構酒なども楽しんだと見てよかろう。彼の死についてこんなのがある。死のしばらく前、ロンドンに出てジョンソン等仲間と久しぶりに痛飲したまではよかったが、その飲みすぎが原因で病気になり、それが直接死につながったというのである。その多少異本版にはこんなのもある。やはり死の直前、故郷ストラットフォードで、近辺の村と大酒合戦があり、シェイクスピアも老人の冷水で、よせばよいのに選手として参加した。この方は、飲み過ぎが直接原因になって死病を招いたというのである。だが、神話にせよ、伝説にせよ、とにかく当時からこの種のものが生れて伝わったというからには、やはり彼が決して変物ではない、どうして俗人並みに結構人生を楽しむことを知っていた人間らしいということにはなるのではあるまいか。

またこんな逸話を伝えているものもある。リチャード・バーベッジといえば、同じ劇団員で当代随一の悲劇俳優であった。あるときそれがシェイクスピアの例の「リチャード三世」の主役を演じたところが、ある婦人客がすっかり夢中になり、ひそかにその晩彼を家に誘った。リチャード三世と名乗ってこっそり訪ねてきてくれというのである。ところが、それをうまく盗み聞いたシェイクスピア、ちゃっかり先に立ちまわり、すっかり持てていい気持になっているところに、やがて表に声があって、果してリチャード三世を名乗るバーベッジが現われた。が、即座にシェイクスピアは答えたという、ウィリアム征服王《ザ・コンカラー》が先に御入来だぞ！　と。バーベッジは一言もなかった。もしこの逸話が真実ならば、なかなか当意即妙のユーモアもあった人物といわなければならぬ。

## 13

さて前稿の終りの方で述べてきたように、シェイクスピアというこの男、社会人としてもなかなかによくできた人物であったように思える。劇詩人としての才能はもとより、生活人としても、たいへんな努力家であり、利殖の道も心得ており、それで人づきあいはよく、ユーモアも解したというにいたっては、まず人間として間然するところなかったといってよい。おそらくそうであったのであろう。単に神話、伝説というのではなく、かなり信頼度の強い同時代人ののこした印象記にそうあるのだから、一応信じておいてまちがいあるまい。

だが、同時に、多少意地の悪い見方かもしれないが、もし単にいまも述べたような、骨の髄からのよき常識人だけで終っていたとすれば、果してそんな彼に、あの三十何篇かの劇作品、そこには周知のように、薄気味悪いほど人間性の深淵ともいうべきものが深刻にえぐり出されている、そうした作品を創り出すことができたであろうか、という疑問がいやでものこるのである。

そして事実、そうした疑問を頭の片隅にのこしながら、もう一度仔細に伝えられる伝記的事実を検討していくと、一見まことによくできたような常識人シェイクスピアの背後に、どうしてただの一筋縄ではいかぬ面魂が、ありありと浮んでくるように少くとも筆者には思える。早い話が、たとえば夫婦生活を含めての私生活である。

彼が十八歳で八歳上のアンと結婚し、半年後にはすでに長女のスザナが生れている。さらに一年おいて男女の双生子をもうけるが、おそらくその一、二年後には、その妻子をおいてロンドンに出ていると見なければならぬ。(直接の理由はなんであれ、まず出奔同様の状態で出たとしか思えないから、まさか子どもづれの妻も一緒だったとは考えられない。)これらのことは前にも述べたから再説は省くが、では、果してその後の夫婦間の関係はどうであったか。もちろん確実な資料はなく、大部分はわずかな手がかりから推測を逞ましゅうするにすぎないので、いきおい判断者の主観が大いに加わるのはやむをえないが、まずこの時期から晩年故郷に隠退するまで、ストラットフォードとロンドンと別居の二重生活がつづいていたものと見てまちがいないのではなかろうか。

もちろん、ときどき彼が故郷へ帰ったらしい資料はある。とりわけ疫病の流行でロンドンの劇場が閉鎖になったり、また劇団活動の初期には冬期興行の屋内劇場をもたなかったので、これもある期間劇団は休みということになった。そんなときには、ある程度長期にわたって家庭生活を楽しんだかもしれぬ。が、なんといっても航空便や新幹線のある時代ではなし、まずは別居生活が原則であったに相違ない。

が、それにしても彼は二十二、三からふたたび半チョンガーにもどったような形であり、一方細君のアンも、三十歳のはじめにはすでに半寡婦同然の生活に入っていたらしい。面白いのは子どもの出生である。最初の二年間に三人まで生んだという多産性を思わせるアンであったにもかかわらず、二十九歳以後はピタリと一人の子どもも生んでいない。特に双生子の一人である唯一の息子ハムネットは一五九六年、シェイクスピア三十二の年に十一歳でなくなっている。彼が男系の子孫をほしがっていたらしいことは、のちの遺言状の文面からしても察しられるのに、ピタリと子どもは三人で終っている。

では、その間の夫婦間の事情はどうであったのか。わからないだけに、いろいろと推測はある。その有力な一つは、形式的に家庭を破ることこそしなかったが、感情はむしろ冷たいものではなかったかというのである。反対の見解もあるが、筆者はやはりこの冷却説の方にウチワを上げたい。後半生のアンは二人の娘を育てながら、名前こそ最後まで妻であったが、実質はむしろ町でも最大の資産家の一人に成り上ったシェイクスピア家の留守居役というところではなかったのであろうか。

アンがどんな性格の女であったか、これはまったく分らない。例の「ヘンリー四世」第一部を読むと、やりきれないものの代表に、「ガミガミ屋の女房と、アゴを出した馬、そして煙のいぶった部屋」という辛辣な毒舌がある。（第三幕第一場）もちろんこれは登場人物の一人がいうセリフにすぎないから、別に直接アンに関係したわけではないが、若気の過ち？で女房にしなければならなくなった八歳年長の女、そして三十代のはじめから早くも別居生活を強いられていたアンのことを考えると、案外こんなセリフの一片も、彼女の性格（それは半ばむしろ強いられた、同情すべき結果だったかもしれぬが）に触れているかもしれないのである。

が、それはとにかく、夫婦間の冷たさを推測してよく挙げられる理由には、ほかにも有名なのが二、三ある。一つは例の遺言状である。これはまことに行き届いた長文のもので、娘や縁者や、友人、近隣の知人にまで実に詳細な財産分け、贈与の金額、品物が割当てられている。にもかかわらず妻アンに対してはただの一行、「二番目によいベッド」my second-best bed を家具付であたえる、というのがあるきりという一事である。これは古来夫婦間の冷却を論証するのに一ばん有力な材料に挙げられている。もっとも近ごろは弁護の強い反論もある。つまり、正妻のアンには、当然自動的に遺産の三分の一を受ける権利があったので、それはことさら書かなかっただけだというのである。これにもまた難しい異説はあるが、そんな細かい法律論はいま省略するとして、それにしても娘のスザナ（これは当時すでに他家へ嫁していた）には実に多額の遺産を詳細に規定して贈与しているにもかかわらず、この妻に対する簡単な、しかも謎めいた一行は、たしかに妙といえば妙といえる。

第二は、彼が死の直前みずから選んだという四行詩の墓碑銘である。「友よ、願くはここに埋められたる遺骸をあばかざらんことを！　この石に手を触れざるものに幸あれ、而して、わが遺骸を動かすものに禍あれ！」というのだが、これは取りようによれば、やがてあとから来るはずの妻に対して、死後の偕老同穴を拒否した呪文ともとれる。事実そうした解釈は新しい話ではない。死後そうまもないころから流説となっていた記録がある。果してアンは七年後に死ぬが、その遺体は夫のそれと並んで葬られたが、同穴ではない。彼女は同穴を望んだが、寺男が呪文にひるんで拒んだというような伝承もある。

もっともこれも思い過しかもしれぬ。墓碑銘はもっと一般的に、後世の墓荒しを忌避しただけの意味だとの解釈もある。事実、墓荒しの懸念には理由があったので、たとえば例の「ガリヴァー」の作者スウィフトなどは、死後三度まで墓を発かれており、その二度までは頭蓋骨まで割って医学的調査を受けているくらいだからである。

そんなわけで、かりにこれら理由はそのまま鵜呑みにしないとしても、夫婦間が決して温かいものでなかったらしいことだけは、どうも筆者もそう考えないわけにはいかない。だが、それでは二十二、三で別居後のシェイクスピアは、果して女性関係の方はどうだったのか、これもまったく正確にはわからない。まさかに何もなかったとは思えないが、少くとも大きな尻尾は絶対に出していない。が、考えようによれば興味ある材料はないでもない。

たとえば「ソネット集」である。彼の作品に百五十余曲からなる「ソネット集」があることは承知であろう。この集の内容が、完全な仮構の創作であるか、それとも自伝的内容を含んでいるかという問題は、今日なお解けぬ大きな謎であるが、近来はまた自伝説が有力に巻き返しを見せている。詳細はもちろんここにつくしえないが、かりにもし自伝的と見るならば、これはなかなか興味ある材料になる。つまり、集中の三十曲近くは作者である詩人の失恋事件を歌っているのであるが、相手というのは有名なDark Lady（黒人ではない、おそらく髪、瞳ともに黒み勝ち、肌も浅黒かったブルネット系の美女というだけのことであろう）と普通呼ばれる女性、そして作者の情人であるこの女を、彼のパトロンである若くて美貌の貴公子が奪ってしまうというのが話になっている。女性が誰か、貴公子が誰か、これもまた諸説紛々、いまもって決定はつかないが、もっとも有力な説の一つは、貴公子は前節でも書いたパトロンのサウサンプトン伯、女性はエリザベス女王の侍女の一人で有名だったメァリ・フィトンであったろうというのである。もし自伝的だとすれば、この推定そのものの当否はしばらく措くとしても、シェイクスピアが宮廷侍女あたりとまで情人関係があったということにもなる。

またこんな話もある。シェイクスピアの死後まもなくだが、詩人、劇作家として活躍、桂冠詩人にまでなった男に、ウィリアム・ダヴェナントというのがいた。ところが、この男はみずからシェイクスピアの庶子と称していたというのである。ずいぶん奇怪な話だが、由来はこうである。ダヴェナントの両親は、オクスフォードの町で酒場を開いており、ことに母親は才気煥発の美人で客扱いのよさで鳴っていたという。ところでシェイクスピアは、ロンドンからの帰郷のとき、道順ということもあって、たいていここに立ち寄り、家族並みにもてた上客だったとある。記録はこれ以上立ち入っては述べていないが、そのダヴェナント家の次男ウィリアム自身が自分はシェイクスピアの庶子だと言い出したのである。事実だとすれば、ひそかに母親と通じていたわけであり、ダヴェナントは一六〇六年の生れだから、シェイクスピア四十二歳のときの子ということになる。そういえばウィリアムという名も暗示的だが、これが単なる名付親か、実の父親か確実なことはわからない。が、ただこの挿話は、ジョン・オーブリという相当信頼すべき人物が、いろいろ有名人の逸話を集めた「小伝集」という本に出ているし、詩人の死後あまり遠くない時期に記録されている話なので、信頼性絶無とも言いきれない。

それはとにかく、こうした情事関係が彼にあって少しも不思議はないのであり、そのために彼の人格的評価が少しも落ちるわけではないのだが、それにしてもこうしたスキャンダルめいた事実を、ついに尻尾に出しては見せなかったというのは、筆者のいう、どうもまったく食えない男だったというほかないように思える。

夫婦関係ばかりにこだわりすぎたようだから、少し話をかえる。いったい彼は人間ないし人間性というものをどう考えていたのだろうか。これもまったく主観的推測以上に出るわけにはいかないのだが、思うに彼は、相当早くから人間性というものにはむしろ絶望しきっていたのではあるまいか。なるほど社会人としては、まことによくできた常識人らしいものを一生見せつづけていた。圭角らしいものもなく、人づきあいもよかったことは、すでに前述してきた通りである。だが、果して腹の底までの好人物だったであろうか。

いう意味は、果してただの好人物に、あの痛烈骨を刺すハムレットの皮肉や、「リア王」に出る道化の臓腑をえぐる辛辣な諷罵、さては「アテネのタイモン」の主人公、リア王の人間呪咀、「ジュリアス・シーザー」や「コリオレーナス」に見られる群集侮蔑、無気味なまでに洞察し抜いていた人間心理の機微、等々、ああしたものが書けたであろうかという疑問である。

実生活においても一端は見える。中年以後のシェイクスピアが、物質的にもきわめて恵まれていたことは、すでにいくどか述べた。にもかかわらず、まことに面白いのは一六〇四年以後、再度にわたって故郷で金銭関係の訴訟を起しているし、また同郷人との間に同じような紛争事件も起しているが、その争われている金額を見ると、せいぜい数ポンドに足らない貸金や麦モヤシの融通に対する取立てに関してなのである。相手は高が小商人か農民らしいのだが、しかし取り立てるものは、どんな少額であっても、ちゃっかり訴訟までして取り立てようとしている。しかも他方「リア王」を読むと、「この訴訟好き(action-taking)の弱虫奴が!」(第二幕第二場)といった工合で、もっとも卑劣な人間の一種に数えられているのだから、驚かざるをえない。(彼が二つの訴訟を起したのは一六〇四年と一六〇八—九年であることは確実だし、他方「リア王」の創作は、どうやら一六〇五年、初演は六年十二月というのがほぼ確実と見られるので、もしそうだとすると、一方では現在訴訟を起しながら、他方ではぬけぬけと訴訟などする奴は大馬鹿と書いていたことになり、いよいよ食えない男だということにもなる。)

それはとにかく、そろそろ人物論も結びをつけることにするが、枚数の関係もあり、論証の具体例をかなり省いたことは別として、それにしてもシェイクスピアの人当りのよさ、温厚さ、そしてまた他人にあたえた好印象というものは、実はその底に驚くべく聡明な人生打算、そしてまた人間性の真実を知り抜いていることからくる絶望に裏づけられた一種の仮面だったのではなかろうか。仮面といって悪ければ、当然生れる生活態度と言い直してもよい。

いずれにしても、なまじ人間に対する期待やイリュージョンがあればこそ、裏切られての呪咀や絶望もある。だが、どうせ人間世界の愚劣さに徹し切ってしまえば、あとに生れる聡明な対人生態度は、むしろすべてをそのまま受容する態度——生あるかぎりは愚劣を愚劣のままで楽しむということになるのではあるまいか。人間の愚行と思えばこそ腹も立つが、サルの愚行だと考えれば笑って楽しむよりほかにあるまい。してみるとシェイクスピアのいわゆる温厚さ、人づきあいのよさも、あるいは逆に徹底した人間不信、人間への絶望を深く秘めた受容の温かさではなかったのだろうか。まったくこれは筆者だけの主観的推測にすぎないが、矛盾といえばずいぶん矛盾にみちた彼の伝記的記録と、他方にその作品そのものを併せ読んで、筆者の胸裡に浮ぶシェイクスピア人間像は、どうもこの線を出ることができない、というのが正直なところである。

それにしても、いやになるほど聡明な、そして食えない男だったとしか思えない。もっともそうでもなければ、既述もしたように、明日の運命も測り難かった生きにくい当時にあって、見事に社会人としても成功し、産を成し、しかもああした人間性の深淵を剔抉《てっけつ》したような名作をのこしながら、めでたく生涯を終えるというような放れ業は、とうていできなかったかもしれないのだ。

## 14

さて、われながら思いもかけぬ長い連載になってしまったが、考えてもみると、喜劇についてはほとんど触れてこなかった。意識的にそうしたわけではもちろんなく、なんとなくただそうなってしまったにすぎないのだが、そういうわけで、ここ何回かこんどは喜劇について少し書いてみることにする。

ところで面白いことに、喜劇論というと（といっても、この場合シェイクスピアの、というのであることはいうまでもないが）、もちろん比較的の問題ではあるが、イギリス本国その他でも悲劇論や、いや、史劇論とくらべてさえ、めぼしいものが乏しいのである。もちろん喜劇論は古くからも、そして最近も、相当の数が出ている。だが、たとえば悲劇論のように、その時代時代において決定的な評価をもったものというのは、なかなかに見当らないというのが本当ではあるまいか。

理由はいろいろに忖度《そんたく》ができる。まず第一にシェイクスピア喜劇と一口にいっても、ごく初期の「恋の骨折損」、「ヴェロナの二紳士」などという作品と、ごく末期の「シンベリン」、「冬の夜話」、「あらし」など、いわゆるロマンスとか、悲喜劇とか呼ばれるものとの間には、単なる作家的成熟というだけでは片づけられない型のちがいがある。さらにその中間には「五分と五分」、「トロイラスとクレシダ」などに代表されるような通称「問題の喜劇」といわれる厄介なものまではいってくる。いわゆるシェイクスピア喜劇と総括できるような定型的な特徴が必ずしも存在しないのである。おまけに喜劇論で扱うにはまことに都合のよい、たとえばモリエール流の、そしてエリザベス朝喜劇でいえばベン・ジョンソン流の諷刺喜劇というのが、シェイクスピア作品にはまずまったく見当らない。これもその理由の一つかもしれない。

またこんなことを指摘している論者もある。つまりシェイクスピア喜劇というのは、ある一定の喜劇の伝統的約束、その枠の中でつくられている。だから、そうした約束、伝統の予備知識なしに、いきなり素手でそこに描き出されている人間関係の興味に飛びついてゆこうとしても、それは理解が難しいというのである。もっとも喜劇の伝統、約束といえば、ジョンソンやモリエールの諷刺喜劇だって、元をただせばちゃんと古代ローマ喜劇以来の約束でつくられているのであって、決して近代作家の考えるような自由な創意ばかりで書かれているわけではないから、そこまで言い出せば同じことになるわけだが、しかしそうした理由も、たしか一部分考えられないことはない。

そんなわけで理由はいくらも考えられるし、また考えられてもきたのであるが、そこでもう一つ筆者の考えるのは、そもそもシェイクスピアの喜劇で、ことにもっともシェイクスピア的と考えられる一連の傑作喜劇というのは——具体的な作品名でいえば、さしずめ「夏の夜の夢」、「ヴェニスの商人」、「お気に召すまま」、「十二夜」といったあたりだが——そんなことごとしい喜劇論などということの対象であるよりも、むしろただ愉快に見て楽しむという、そうした喜劇として書かれていたからではないかと思うのである。ややおくれてベン・ジョンソンが得意とした諷刺喜劇に対して、シェイクスピアのそれは、普通浪漫喜劇と総称されるのが常であるが、それはつまり一五九〇年代のイギリス社会、女王エリザベスの下に国運も急上昇、海外の富をにわかにあつめて繁栄の絶頂にあり、上下ともにわが世の春を謳歌したそのきわめて短かった上昇期の頂上にあって、国民の夢と喜びと浪漫的心情とを結晶させた喜劇ではなかったのだろうか。だから明るくて楽しいのである。上にも挙げた傑作喜劇が、すべて若々しい恋愛の讃美に終始しているのもそれである。

たとえば「夏の夜の夢」を見るがよい。これなど、なにものちにメンデルスゾーンが音楽をつけているからいうわけではないが、今日ならさしずめ実に見事なミュージカルだったと思う。もともとこの喜劇は、劇場で上演される前に、誰かある貴族の家の結婚式にその祝宴の余興として書き下されたものだというのが、いまではほぼ定説になっている。そう考えて読めば、いよいよこれが劇というよりは、実に巧みなエンタテインメントであることが納得できるに相違ない。

ちょっとまず構成からして考えてみるがよい。ここでは、まずはっきりと三つの世界が扱われている。一つはもちろん華やかな宮廷貴族（アテネということになっているが、もちろんエリザベス朝宮廷を考えてよい）の世界である。若い太守公爵がまずその許婚者ヒポリタとの挙式を四日後にひかえているばかりでなく、さらに二組の若い貴族の息子と娘たちが、いささか愛情の食いちがいはあるが、恋に夢中になっている。次にはガラリと変って、ボトムを筆頭とする職人たちの典型的な庶民世界が展開される。さらに一転すると、こんどはなんと妖精の世界、夢の世界が紹介され、妖精の王オベロンと妃ティターニアまでが愛の痴話喧嘩をはじめている。この三つの世界を、作者はたちまち月の明るいアテネ郊外の森というのに集約する。そしてあのいたずらものの妖精パック、恋の媚薬などというようなものまで登場させることによって、とんだまちがいつづきの滑稽を演出させる。だが、それも一夜明ければ、すべての誤解は解けて、宮廷では公爵のそれをはじめ、三組のめでたい結婚式が行われることになる。腹を抱える職人たちの茶番というお添えものの余興まであって、幸福な新しい夫婦たちはすべて寝室へ引き取る。あと舞台が暗くなると、ふたたび妖精の世界が舞台を領する。オベロン、ティターニアをはじめ妖精たちの楽しい歌や踊りがあり、それも消えると、あとパックのしゃれたセリフで一切が終る。「夏の夜の夢」とはいみじくも題したものである。

しかも、この間、メンデルスゾーンのロマン音楽こそなけれ、ト書やセリフからでも明らかなように、マドリガルなどの歌曲、ヴァージナル、ヴァイオルなどという鍵楽器や弦楽器の独奏、合奏、さらにブロール、パヴァンなどの大陸風ダンス、あるいはモリス・ダンス的民俗舞踏などまで、おそらくふんだんに聞かされ、見せられたりしたものに相違ない。これがミュージカルでなくてなんであろうか。いまの日本でこんな楽しい、しかも巧みな余興劇をつくるものがもしいたら、さっそく明日にでも東宝の菊田氏あたりから声がかかったにちがいない。

そこで言いたいのだが、こうした楽しいミュージカル的喜劇に、なにをいまさら、やれ性格の発展だの、やれ人間性の洞察だのと、そんな七難しい喜劇論がもちこめるかということである。おそらく当時の看客がただ楽しく、美しい夢でも見るように酔っていたと同じように、わたしたちもまたまず楽しさ、快いリズム感を味わうことから、シェイクスピア喜劇にはいっていくのが先決だろうという、これが筆者の考え方なのである。もちろんこれは「夏の夜の夢」のような、ある意味では極端な例を挙げたことになるかもしれない。だが、程度の差こそあれ、「ヴェニスの商人」も「お気に召すまま」も「十二夜」も、まずその面白さにはいっていく近道は、これ以外にないと信じている。いま挙げたような喜劇を読んだり見たりするのに、初手から社会諷刺や妙な人生教訓を期待してかかるなどというのは、少し誇張していえばバカだといってもよい。

もうだいぶ昔のこと、つまり、旧歌舞伎俳優などがときどき「ヴェニスの商人」を演じていた大正期あたりまでであるが、日本では例の「法廷の場面」というのを、あれだけ切り離して一幕物にして上演する奇妙な習慣があった。寡聞にして日本以外ではまず類例を聞かないが、もちろん考えてみると、およそこれほど滑稽な話はないし、いかにシェイクスピア喜劇がわかっていなかったかということの貴重な証拠であるといってもよい。（強いて理由を推測すれば、周知のように日本では明治末期後、歌舞伎の「寺子屋」だの、「太功記十段目」だの、「妹背山御殿の場」だのと、いわゆる名場面を、前後の関連もなにもなく単独の一幕物であるかの如く上演する風がさかんになり、近年にいたっていよいよ甚だしくなっている。歌舞伎劇の場合は、劇場条件や作劇伝統ということもあって、まだしも多少の理由は考えられるが、それを推して、前提条件のまるでちがうシェイクスピア喜劇にまで応用したというのは、まことに驚き入った次第であるといってよい。）

「ヴェニスの商人」のあの法廷の場というのが、たしかによくできた一幕物的名場面であることに異論はない。ことに十九世紀以来シャイロックに対する一種の悲劇的解釈が事実上正統として確立されるようになってからは、いっそうそうである。だが、それにもかかわらず、「ヴェニスの商人」というあの喜劇を全体として見たときに、たしかに法廷の場はもっとも重要な場面ではあっても、決してそれだけを全五幕の脈絡から切り離して、正しい味わい方のできるものでは絶対にない。そして、なんといってもあの喜劇は、全体の脈絡、リズムの中においてこそはじめてハツラツたるシェイクスピア喜劇として生きてくるのである。以下、多少その理由について述べてみたい。

序でながらいうと、シェイクスピア在世当時のユダヤ人は、公然としてイギリス国内の居住を許されないほど異端外道として疎外されており、また大多数が金貸業者ということもあって、市民たちからも深く憎まれていた。したがって当時の芝居に出るユダヤ人は、すべて憎悪か軽侮の対象として描かれていたのであり、シャイロックもまた決して例外でなかった。作者自身決して看客の同情を買うような悲劇的人物として描く意図のなかったことは明らかである。だから十八世紀までは、つねに厖大な鼻をもち、醜怪なこしらえで、嘲笑の対象として上演されるのが伝統であった。それが十九世紀になって悲劇的解釈が加えられるようになり、その伝統を確立したのは、エドマンド・キーン、ヘンリー・アーヴィングなどといった大スターの名優たちであった。それによって顔のこしらえ、扮装まで一変した。また面白いもので、そう解釈してみると、原作のシャイロックの中に、そう演出できる根拠は十分にある。つまり作者シェイクスピアは、明らかに意図することなしに、不思議な悲劇的人間像を創造することに成功していたといえるのだ。なお名優によって役柄からつくりまで一変したというのは、わが「仮名手本忠臣蔵」山崎街道二つ玉の定九郎の演出変遷を思わせる。ことに明和年間初代中村仲蔵によって、野暮ったい山賊姿の定九郎から一変して、現在のいきな黒羽二重紋付のそれになったという有名な逸話を思い合せて興味深い。

さてそこでもう一度「ヴェニスの商人」にもどるが、まずあの芝居は、第一幕でヴェニスにおける商人社会の写実的紹介で第一主題が導入され、シャイロックの登場になる。と、一転して舞台はベルモントという浪漫的世界に移り、例の箱選びを中心にした説話的物語の第二主題が現われてくる。その間、道化や娘ジェシカの家出などという挿話も出るが、とにかく上記二つの主題のからまり合いで展開し、人間裁判という危機的クライマックスが第四幕にくる。が、見落してならないのは第五幕である。

それは法廷の場の緊迫、そして解決につづいて、実に見事な美しい浪漫的場面ではじまることを見落してはならない。恋を獲た若い同士の「美しい月だ。こんな晩だったろう、爽やかな風が音も立てないで、そっと樹立を接吻《せっぷん》して過ぎる」にはじまる夢みるような掛合い問答が、ガラリと世話に砕けたかと思うと、有名な、堤に眠る月明りの、この美しさはどうだ！
……柔かな静けさ、この宵、
音楽の快い調和には何というふさわしさだ！
お坐り、ジェシカ、ほら、あの大空の床は、
まるで黄金の小皿を一面にちりばめたようだ。
ごらん、あのどんな小さな星屑《ほしくず》の一つさえが、
まるで天使のように、歌を歌っているのだ。

というのにはじまるロレンゾウの美しい叙景のセリフがあり、以下こうした春の夜とおぼしい月明の庭園の中に、ほとんどすべての登場人物をもう一度あつめて、そしてこの恋の喜劇はめでたく終るのである。

だから、たしかに近代の演出では、シャイロックの存在が非常に大きく、また悲劇的なまでに強調されやすいことは事実だが、それにもかかわらず、「ヴェニスの商人」は決してシャイロックの芝居ではない。いかに大きくとも、彼もまた劇全体の一部分にしかすぎない。そしてこの喜劇全体の効果は、やはりなんといっても上に述べてきたように、第一幕の第一場の導入部からはじまって、二つの主題がからまり合い、もつれ合いながら発展し、あるいは第一幕第二場ではじめてポーシアの登場する軽快な調子になるかと思えば、

第三場シャイロックの登場でたちまち強力な緊迫感が舞台にただよう。……といった工合に、たえず変転し、起伏する感情の音楽的律動の総和――それが愛の浪漫喜劇「ヴェニスの商人」でなければならないはずである。

しかも忘れてならないのは、こうした感情のリズムは、幕ごと場ごとに幕を閉めたり、休憩をとったりして、中断されたのではない。そこは後述もするように、エリザベス朝舞台の構造的特徴のおかげで、ほとんど全幕なんの中断なしに、次々と舞台は転換して、最後の浪漫的結末まで流れたのである。無理に音楽形式にこじつけるのもどうかと思うが、とにかくこの喜劇などもその一例であり、つまり浪漫喜劇というのは、いわば一つの交響曲を聞くのにどこか似ていたと思えばよい。いかにすぐれた名交響楽でも、一つの楽章だけ切り離して、それだけ演奏するというのはずいぶんおかしな話であり、また各楽章ごとに中断して休んだりしたのでは、効果もなにも完全に台なしであることはまちがいない。

シェイクスピアの喜劇、とりわけ恋愛を主題とした浪漫喜劇というのは、まずだいたいにおいてそうしたものだと思って誤りあるまい。だから、第一にはまずそうした快い感情のリズムを全体として楽しむことであり、プロットの問題だの、性格の問題などというのは、二の次、三の次の問題であることを、まず最初に言っておきたかったのである。

15

わたしは、大正十五年東大の英文科を出るとき、卒業論文の題目として「五分と五分」(Measure for Measure) を選んだ。この難しい喜劇については、あとでもう少し触れると思うが、選んだ理由は簡単であった。近年は必ずしもそうでないが、このいわゆる「問題の喜劇」は、当時としては歴史的にももっとも上演回数の少いものの一つであり、したがって、読むべき参考文献ももっとも少なかった。これあるかな、と思って選んだだけである。ということは、シェイクスピアの喜劇といっても、すべてがみんな好評で、頻繁に再演されたわけではなく、この喜劇（ということに一応なっている）や、そのほか「終りよければすべてよし」だの、「トロイラスとクレシダ」だの、シェイクスピア研究家にとっては別として、一般の看客にとってはあまり面白くない、したがって、あまり上演を見なかった喜劇もあるのである。「問題の喜劇」などという呼び方ができているのを見てもわかる。

その代表として、しばらく「五分と五分」を採り上げてみるが、この劇の主題は、ある公爵領の領主代理アンジェロなる人物の偽善暴露をめぐって発展する。ある青年が法に触れ、死刑の日が迫っている。ところが、その妹のイザベラというのが、助命運動に奔走しているうちに、好色のアンジェロは彼女の美貌に迷ってしまう。肉体を提供するなら、兄の生命は許すというのである。さて、そのあと筋を書くのもややこしくて、いやになるのだが、アンジェロの持ち出した条件を断った妹に、兄はかえって身体をまかせろと頼む。生命惜しさである。

ところが、一人の修道士が現われて、これもイザベラにアンジェロ行きをすすめる。但し、別にある娘を、うまくイザベラに仕立てて送るから、安心しろというわけ。それならとイザベラも応じて、アンジェロは知らずに別の女を、イザベラとばかり思って抱くことになるが、なんぞしらんこの偽善漢は、約を破って兄の処刑を命じてしまう。そのあと下手な歌舞伎芝居同様、〇〇、実は××といった式の引抜いての見現わしがいくつもあり、青年も死なず、アンジェロまで赦されて、万事めでたく終ることになる。喜劇の部類に色分けされる所以である。

原作を読んでもらえばわかるが、なんとも不統一で、苦渋に充ちて、要するに面白くない。近年はいろんな新解釈をつけて上演も見られるが（わたしも一度アメリカで見た）、要するにあまり面白くないことには変りない。ウソと思えば、邦訳でもよいからいっぺん演ってみるがよろしい。

上記のアンジェロなる主人公は、外面は厳しい清教徒ということになっており、つまりは清教徒の偽善暴露ということが、大きなミソになっているわけだが、もしこれをモリエールやジョンソン流の諷刺劇にしていたら、かなり痛烈なものになっていたにちがいない。だが、なぜかシェイクスピアはそれをしなかった。しなかったのか、できなかったのか、そこまではわからないが、とにかく絶好の諷刺喜劇になる主題を、妙に浪漫喜劇の常套的革袋に盛ることによって、率直にいって、やはり失敗しているといってよい。「トロイラスとクレシダ」にもほとんど同じことがいえる。「終りよければ」にいたっては、全体が弱くて盛り上りがないから、なお困る。

ところで、面白いのは、こうした一連の「問題喜劇」が、作者の創作力が衰えていたからそうなったのだと考えると、大まちがい。これらの喜劇？がつづいて書かれたと思える同じ時期には、他方では彼は、「ハムレット」以下いわゆる四大悲劇を、矢つぎ早やに書き下しているのである。だから、決して創作力そのものの衰退と見ることはできぬ。では、どうしてこんな奇妙なことが起ったのか。それがわたしの卒論の狙いだったのだが、そのことは、いま当面の課題外だから、しばらく触れないことにする。

そこで、いま言いたいことは、シェイクスピアの喜劇だからといって、みんながみんな傑れているというわけではない。ずいぶん弱いものもあるのであり、本国でならしらず、日本の一般看客、一般読者にとっては、二の次、三の次であろうから、この種の読みものではむしろ割愛することにする。そこで好悪はまず別として、とにかくシェイクスピアの独壇場、そしてある意味では彼によって最高度に完成されたと思える、いわゆる浪漫喜劇の作から、まずはいっていくことにする。

「五分と五分」のアンジェロで、シェイクスピアが、明らかに清教徒の偽善的仮面を剝ぎとることを意図していたらしいことは、上に述べた。ところが、同じ狙いを、彼は「十二夜」のマルヴォーリオでもまたくりかえし見せている。なにか彼は、清教徒ばかり目の敵にしているようにも見えるが、それにはもちろん理由がある。エリザベス王朝の、それも晩年は、いわゆる清教徒勢力がようやく盛り上りを見せていた時期であるが、この清教徒たちの道徳的リゴリズムは、おのずから演劇、娯楽の興行物などをひどく敵視した。神を瀆したり、人心を悪の道へ誘惑したり、またそれほどではなくとも、毎日の仕事を怠けさせるからというのである。さしずめ今日でいえば、悪書追放や夜遊び禁止に血道を上げる母の会、婦人会と思えばよろしい。

が、それだけならまだよいのだが、上述もしたように、その清教徒が漸次社会的勢力をえて、ロンドンや地方都市などの幹部当局者たちの間に、地位を占めるようになると、劇団、俳優たちにとっては、直接生活利害に関係してくるようになった。上にも述べたような道徳的理由の上に、さらに劇場、娯楽場というのは人集りがする。人がよると、とかく伝染病、疫病などの流行の原因になる――といった都市衛生上の理由までを口実にして、機会があれば興行物を圧迫するようになった。こうなると、もう生活問題である。そんなわけで劇作家と清教徒はたいへん仲が悪く、清教徒への風当りは、わがシェイクスピアばかりでなく、エリザベス朝戯曲を通じて決してめずらしくない。そしてシェイクスピアの場合などは、むしろもっとも自己の感情らしいものを露骨に現わさなかった方であるが、それでもこの清教徒への反感だけは、職業への直接圧迫ということもあってか、かなり目に見えてぶちまけている。「十二夜」も「五分と五分」も、つまりそれである。

成り上り者のマルヴォーリオは、今では伯爵家の執事にまでなっているが、これがお定まりの清教徒である。ところがこの清教徒、秘かに若い女主人に思いを寄せている。それを知った悪童紳士、侍女、それに道化までが加わって、このマルヴォーリオをいちばんなぐさみものにする計画を立てる。まず想う女主人からの恋文と見せて、偽の手紙を落しておくと、てきめんマルヴォーリオは拾って有頂天になる。指定通りの奇妙キテレツな装《なり》をして現われたところを、寄ってたかってなぶりものにした上、揚句の果ては狂人扱いにして暗室に閉じこめてしまう。喜劇のことだし、最後はそのマルヴォーリオが、忌々しげに捨てゼリフをのこして旗を巻くという笑いで終るわけだが、同じ清教徒への諷刺にしても、アンジェロの場合とマルヴォーリオの場合とでは、とにかく喜劇として成功か不成功かの秘密が、実にはっきり現われているように思う。

もしシェイクスピアの喜劇の中で、何をいちばんに採るかといわれれば、筆者は躊躇なく「十二夜」を挙げる。上述マルヴォーリオの一件は、必ずしもこの喜劇の主筋ではない。むしろもっとも成功した見事な脇筋といってよいのではないかと思うが、ということは、この他愛ない茶番的脇筋が、「五分と五分」のアンジェロとはちがい、浪漫喜劇という全体の枠の中で、実に効果よく生かされているからである。

浪漫喜劇といえば、筆者は、この「十二夜」ほど、イキで、楽しくて、しゃれた喜劇はないと思っている。もちろん筋の組立ては、美少女の男装とか、それから起る愛のまぎれとか、むしろ常套の道具立てで、決して新しいとは言えぬが、それにいまのマルヴォーリオの多少ドタバタ脇筋をからめたり、さらに見逃してならないのは、全篇これほど音楽的雰囲気に包まれた喜劇はない。

たとえば、まず幕開きの冒頭が、「音楽が、もし心の糧というなら、もっとつづけてほしい」という公爵の言葉にはじまるばかりでなく、終始これほど多く美しい愛の抒情歌、小唄でちりばめられている喜劇は、シェイクスピアにもない。もちろん、中にはシェイクスピアの作ではなく、当時好んで口ずさまれた流行のものをそのまま採り入れたものもあるが、とにかく以来、今日まで不朽の抒情曲になっているものが少くない。「恋は生命のあればこそ／歌って、笑って、楽しめば／あの世のことはまだ知らぬ／いざ、くちづけを、つぼみの乙女／うつろうものは花のみか（大意訳）」という西洋版ゴンドラの唄とでも言いたいような有名な小曲のあるのも、この「十二夜」である。

さて、このどんな意味でも浪漫喜劇的な枠縁の中に、作者はどんな風にマルヴォーリオの諷刺的脇筋をはめこんでいるか。前にも述べたように、作者の清教徒的偽善への反発は、たしかにある程度個人的感情の露出さえうかがわれる。が、それにもかかわらず、マルヴォーリオの場合は、アンジェロのあのあくどい、不自然とまでいえる積極的偽善とはちがって、むしろ人間的愚かさ、弱さ、そして己惚《うぬぼ》れと瘡気《かさけ》が、さんざんにからかわれているにすぎない。悪が糾弾されているというよりも、愚行が笑われているのである。これはまさしく喜劇本来の領分といってよい。「十二夜」が成功し、「五分と五分」が苦渋の失敗に終っている原因の一つは、こうした点にもあったのではなかろうか。

しかも、喜劇の最後でマルヴォーリオは、必ずしもすべて前非を悔いめでたしめでたしの紋切り型に終るわけでない。それどころか、むしろ「畜生、どいつもこいつも、きっと仇は討ってやるから」と、いわば不貞腐れの捨ゼリフで退場するわけだが、これも見事な締めくくりである。おそらく看客は、いや、きっと俳優、作者までもいっしょになって、溜飲を下げているのであろうが、しかしこのマルヴォーリオを見送る笑いは、あくまで喜劇の健康な笑いである。アンジェロの無理、不自然とはだいぶちがう。「十二夜」から「五分と五分」まで、その間はわずかに一、二年しかないと推定されるのだが、どうしてこの健康な喜劇の笑いから、たちまちあの苦渋に充ちた「五分と五分」、いや、それだけではない、全体にいって奇妙な「問題喜劇」群へと一変したものか、考えてみれば不可解な謎である。

「十二夜」にくどくこだわったようであるが、一応これで浪漫喜劇のことは終るとして、要するに日本の読者として、シェイクスピア喜劇にはいるには、まず前月から述べた「夏の夜の夢」、「ヴェニスの商人」、「お気に召すまま」、「十二夜」と、この一連の作品のあたりからとりついていかれるにかぎる。好きにも嫌いにも、これがエリザベス朝浪漫喜劇というものの精髄だからである。だが、ただ一つだけ余計な老婆心を述べておけば、これらの喜劇を読むとき、見るとき、決してモリエール喜劇のようなものをそのまま期待してかかっては無駄である。つまり「夏の夜の夢」も「十二夜」も、最初はいずれもある種の祝い事に、その半分余興として書かれたと信じられるように、いわば全体がおおらかな時代のおおらかな看客を楽しませるために書かれたものであった。喜劇論だの、諷刺論だのと、難しい理屈を考えるより前に、まず一緒になって愉快に楽しむという気持で接してもらいたい。なにも感心しなければならないなどという義理は毛頭ないが、とにかく難しい論や解釈はその次である。

さて、浪漫喜劇のことでだいぶ枚数を食ってしまったが、あとぜひ喜劇で触れておきたいものに「じゃじゃ馬馴らし」と「あらし」とがある。

「じゃじゃ馬馴らし」は、上に言及してきたいくつかの喜劇よりは数年前、おそらくシェイクスピア三十歳前後のころに書かれた初期の喜劇の一つと考えられている。したがって、円熟期の喜劇に見られるような完成さはもちろんないし、つけようと思えばケチはいくらでもつけられるが、おそらく日本の舞台でやってみても、ぜったいにまず当ると思えるからである。筆者も十年ほど前、オールド・ヴィックで見たことがある。かなり派手な演出で、それについては多少意見もないではないが、それよりも別に面白い印象がある。芝居の中で主人公のペトルーキオが、その名の通りのじゃじゃ馬馴らし、つまり、名うてのじゃじゃ馬的悍婦キャサリンに、それに何倍か輪をかけた傍若無人ぶりで求愛し、獲得し、そして見事に従順な妻に馴らしつけてしまう。その過程が進行するにつれて、看客席の湧きつづけたこと、中年の紳士まで含めて、歓声をあげ、大拍手をもって笑い崩れるのである。平生、女にはとかく低姿勢を強いられている紳士族の鬱憤ばらしとも見えて、その方がむしろ筆者には楽しかったが、つまり、この「じゃじゃ馬馴らし」というのは、たしかに笑劇に近い粗雑さはあるが、まことに単純で明快で、しかも時代をこえて訴える主題をもっているのである。ために、昔から必ず大当りをとる作として、しばしば再演されているのであるが、邦語に移しても十分楽しんでもらえるものがあると思う。これまで案外日本での上演はないが、そういえばやはり笑劇系の「ウィンザーの陽気な女房たち」が、戦前も戦後も大当りをとっていることからも考えて、どうして舞台にかからないか、その方が不思議なくらいである。

「ウィンザーの陽気な女房たち」となると、正直にいって、別に難しい解釈をしてもはじまらないし、おそらくシェイクスピア当時に見られたにちがいない新興市民階級のハツラツ、健康な生活をホーフツさせる以外、特にこれといって深いものがあるわけではないが、とにかく楽しい。そしていい意味で面白い芝居であることにまちがいない。そして、これがシェイクスピア喜劇の大きな意味の一つなのである。

あとは大急ぎで走るが、初期の「恋の骨折損」、「ヴェロナの二紳士」など、また前記傑作浪漫喜劇につづく、ロマンスとも呼ばれる悲喜劇——「シンベリン」、「冬の夜話」などは、どうも日本では無理のようである。前者は生々した言葉のシャレの面白さが、そのまま邦語に移されないかぎり、興味は半減、いや、四分の三減するし、後者は、なんといっても作者創作力の混迷を含んでいるのだから、ぜひがない。ただ通常最後の作といわれる「あらし」だけは例外だが、これはシェイクスピアの内的発展と関連する哲学的、人生観的意義では、十分われわれにも興味があるが、さて日本語で日本の舞台にかけるとなると、どうであろうか。多少の疑問がのこる。むしろ同じ超自然幻想的な作品として、十数年をへだてる「夏の夜の夢」との比較が面白い。作者の世界観的深化、成長がうかがえるからである。

## 16

先月は、急にしばらく海外へ出ることがあって、とうとう休載させてもらうことになった。さて今月も帰ってから、身辺にどうにもならない所用が重なって、またしても本庄さんに御迷惑をかけることになった。そこで以下は、目下劇団「雲」が「ロミオとジュリエット」を上演している機会に、現代演劇協会機関誌「雲」に書いたものである。多少の加筆はしたが、編集部の了解を願って、だいたいそのまま転載させていただくことにした。

「ロミオとジュリエット」という作品は、大きくいってシェイクスピア初期の作の一つである。正確な書き下し年月、また初演日時はわからない。が、ほぼ妥当な推定として、シェイクスピア三十歳前後の作であることは疑いない。したがって、初期作品としては、すでに習作時代をすぎて、ようやく円熟期に入りかけたころの作品と考えてよい。事実これより前に書かれたと考えられる「タイタス・アンドロニカス」などの悲劇、また史悲劇「ヘンリー六世」三部作などと比べてみると、はるかに作者の天才が成熟期に近づいていることがわかる。

「ロミオとジュリエット」の原話が、もともとかなり古いイタリア文学の伝承物語に出ており、決してシェイクスピアの創作でないことは、他の多くの彼の作品と同様である。そのイタリア出来の原話が、どういった経路を経てシェイクスピアのこの「ロミオとジュリエット」になったかという来歴は、この際さして重要な興味とも思えないので省略するとして、しかし、この「ロミオとジュリエット」という物語のもつ型——いいかえれば、相反目し合う仇敵同士の二つの家の間に生れた恋愛が、最後は浪漫的な悲劇に終るという物語は、古今東西を問わず、いわば文学永遠の主題になっているといってもよい。ちょっと思い出すだけでも、歌劇「ルチア」の原作になったウォルター・スコットの小説「ラマムアーの花嫁」がある。日本の歌舞伎でも例の「妹《いも》背《せ》山《やま》婦女《おんな》庭訓《ていきん》」の山の段などは、もっとも典型的なものであろう。いや、そんな古い劇や小説を持ち出すまでもない。例の映画「ウエスト・サイド・ストーリー」を観て、現代の市民的「ロミオとジュリエット」を思ったという青年がいたが、なるほど、そういえばそういえるかもしれぬ。いずれにしても悲劇、永遠の好主題であることにまちがいはない。

まずこの悲劇を観て、もっとも強く印象されることは、終始はちきれんばかりの若々しさに溢れていることであろう。まことに青春の悲劇という言葉にふさわしい。結末はたしかに悲劇に終っているが、そこには後の四大悲劇などに見られる、あるいはまた初期の悲劇にさえ見られる、人生の暗さとか憂鬱とか、また人間性への懐疑とか不信とか、そういった影はおよそない。若いロミオとジュリエットは、青春の情熱の完全な燃焼の中で悲劇的な死をとげるのである。しかも背景はむせかえるような南欧の夏、死もまた美し、といいたいほどの、豊醇な感銘をのこして終る。いかに作者がこの悲劇で青春、若さというものを強調したかったかは、粉本になった原物語のジュリエットは、いずれも十八歳とか、十六歳とかであるのに、シェイクスピアは、さらにそれを十四歳に引き下げているのを見ても察しられよう。（第一幕第三場参照）

序でにいえば、いわゆる愛の悲劇を扱ったシェイクスピア作品には、のちにこれも有名な「アントニーとクレオパトラ」がある。ともに愛に殉じた美男佳人の運命を主題とした悲劇といえようが、純粋無雑、ひたすら悲劇に急ぐ「ロミオとジュリエット」に対して、「アントニーとクレオパトラ」の場合は、もちろん主人公たちの年齢というちがいもあろうが、すでに人間性の不信、裏切りというような夾雑物が、悲劇感の複雑さを加えているかわりに、もはや「ロミオとジュリエット」に見るような単純明晰な美しさはない。その意味でこの作は、シェイクスピア悲劇の中でも異色の作品といってよい。ほぼ同じ時期に、シェイクスピアは喜劇「夏の夜の夢」を書いている。これほど純粋な愛の喜劇もめずらしいが、その「夏の夜の夢」を書いた作者が、同じ愛を主題とする悲劇を書いた場合、この「ロミオとジュリエット」になったと見ていいのではないか。

この一篇をシェイクスピア作品の中でも異色といえば、いま一つ別の意味でも大いに異色と思える特色がある。まず開幕冒頭に出るコーラスの口上——原作ではわずか十四行詩の短いものだが、よく注意すると、その中に三たびまで「宿命的」、「悲運の星に呪われた」、「死に魅せられた」という言葉がくりかえされる。いいかえれば作者は、はっきり悲劇の宿命性を強調しているのである。しかも同じ強調はこれだけでない。第一幕第四場へくると、キャピュレット家に出かけるロミオが、「運命の星にかかっている大事」という言葉で、ある不吉な未来への予感を口にする。さらに、まっしぐらに悲劇的結末へと急ぐ第五幕になると、これまた三たびまで、ロミオの「運命よ、もう貴様を信ずるものか」(第一場)、あるいは「いまこそこの運命の星のくびきを振り捨ててくれる」(第三場)というセリフ、いや僧ロレンスまでが憮然として、「人力では如何ともできぬ大きな力が計画を阻んでしまった」と嘆く。つまり少くともこの悲劇の場合、作者は悲劇の原因として、「人力では如何ともできぬ大きな力」、いいかえれば「運星」starsをくりかえし強調しているのである。そしてこの外的因としての運命を強調する作者の意図は、第三幕第一場、はからずもロミオがティボルトを刺殺する破目になったとき、「運命に玩ばれる馬鹿だ、俺は」という嘆きの中に、もっとも端的に結晶されている。

ギリシャ悲劇は運命の悲劇であり、シェイクスピア悲劇は性格の悲劇であるという、あのシュレーゲル以来の悲劇論を別にそのまま鵜呑みにするわけではないが、しかしたしかにシェイクスピアの悲劇が、もっぱらその悲劇因を主人公その他の性格の中に、求めていることは疑いない。ハムレットの懐疑性が、彼の悲劇の最大原因になっていることはまず疑いないし、リア王の老いによる軽信、オセロの思慮浅い直情径行等々が、それぞれ彼等の悲劇的運命を導き出していることもまちがいない。「マクベス」が、マクベスとマクベス夫人の、それぞれ型を異にした野心をめぐって発展する悲劇であり、「オセロ」がイアゴーという人物の性格論を抜きにして語ることはできないことも事実であろう。もしこれらの場合にも運命という概念があてはまるとすれば、それは決して外的な運命ではなく、性格こそまさに運命であったといえよう。

ところが「ロミオとジュリエット」の場合、その悲劇因の最大なるものが、二人の主人公の性格にあったとは思えない。いいかえれば、ロミオにもジュリエットにも、直接悲劇への責任はない。要するに彼等は、「運命に玩ばれた馬鹿」だったにすぎないからであり、もはや「人力では如何ともできなかった」運命への犠牲として描かれている。

そこでもう一度思うのは、先にもちょっと触れた「夏の夜の夢」との関連である。悲劇の原因が性格の中になくて、単に外的な運命の狂いにある以上、その狂いさえなければ、悲劇は一転して喜劇に終る可能性は十分考えられる。喜劇に終って少しも不思議はないのである。その意味からいえば、「ロミオとジュリエット」の裏返しが「夏の夜の夢」であり、逆に「夏の夜の夢」の裏返しが「ロミオとジュリエット」ということになるかもしれない。「夏の夜の夢」における運命の狂いは、幸いに夏の夜の一場の夢として終り、八方めでたくおさまるが、もしあの運命の狂いがそのまま現実になっていたとすれば、まさしくそれは「夏の夜の悲劇」に終っていたかもしれぬ。いずれにしてもこの二つの作品は、ほぼ前後して書かれた悲劇と喜劇だけに、相互に対照して考えた場合、もっとも興味深い作品のように思える。「ロミオとジュリエット」をただ単純に運命の悲劇と割り切るわけではないが、それにしても性格と運命との関連においてシェイクスピア作品中でも、きわめて異色ある作品であることは事実といえよう。

次に、いま一つぜひこの作品で注目してほしいのは、劇的進行の異常な急テンポ、そして激しさということである。看客はどう受け取るか知らぬが、シェイクスピアのこの悲劇は、実はわずかに五日間の事件として描かれているのである。第一幕第一場は日曜日の朝九時ごろにはじまっている。そしてその晩の見染めから、二人はたちまち忘我的な恋に落ち、翌月曜日の午後にはすでに結婚ということになる。だが、その一時間後には早くも運命が狂いはじめ、火曜日の早朝には、運命の手が永遠に両者を引き裂いてしまう。第四幕になって、テンポはやや弛むが、それでもあの第五幕最後の場面は、木曜日の深夜か、おそくも金曜日の早朝、それで一切はおしまいということになっている。見染めから結婚、そして別離から最後の悲劇的結末へと、まことにそれは急湍《きゅうたん》のような幸福の完成、そして悲劇への転落である。少し注意して見ればわかると思うが、この二人の恋人たちは、日曜日の晩にはじめて相見ると、たちまち愛し合って結婚、そして第三幕第五場のむしろはじめの方だから、劇としては三分の二をこえたばかりのところだが、そこで後朝《きぬぎぬ》の別れをすると、二度とふたたび生きては相見ないのである。

シェイクスピアの悲劇というと、「マクベス」、「オセロ」なども、ずいぶん劇的進行は急激な方であるが、それでも「ロミオとジュリエット」ほど、激しく、あわただしいものではない。しかもこれは作者が明らかに意図してそうしたものと考えざるをえない。現にシェイクスピアが明らかに粉本としたある先行の韻文物語によると、悲劇の経過はほぼ九カ月にわたっている。シェイクスピアの悲劇が原材料の時間をきわめて大幅に短縮し、それによって悲劇的効果を高めていることは、なにもこの悲劇だけに限ったことではない。そむしろお定りの方法といってよいが、それにしてもこの悲劇の進行の早さ、激しさは異常である。この急テンポということは、おそらくこの悲劇のもっとも顕著な特色の一つといっていいであろう。つまり、この悲劇の演出が成功であるか否かは、一にこのテンポを生かすか、生かさないかにある。

これが明らかに作者の意図であったらしいことは、たとえばこの劇の中で反復強調されるイメージによってもわかる。少しでも注意深い看客ならば、きっと聞き逃さないであろうと思うが、ここには火薬の爆発といい、稲妻の迅速さという、どちらかといえば耳なれないイメージが、再三くりかえされていることに気がつくはずだ。もっとも有名で、よく引用される一句としては、第二幕第二場、幸福感に酔ったジュリエットが、ふとわれに返って不安の予感におののくセリフがある。「あまりにも無鉄砲で軽率、あまりにも突然すぎる。まるで稲妻みたいに、あっ、光ったと思うまもなく消えてしまうみたいに」とある。同じく第二幕第六場では、僧ロレンスまでがロミオをたしなめる。「激しすぎるものは、とかく終りを全うしない。……あたかも火と火薬とのように、触れ合ったときが、吹き飛ぶときだ」という。「終りを全うしない」は、原語なら violent ends である。同じく第三幕第三場では、愛に理性の抑制が失われたときは、「未熟な兵士の火薬入れに詰められた火薬同様、われとわが愚かさ故に火を発し……みずから五体を粉砕することになる」とも戒めている。同じイメージは、多少、適用の仕方はちがうが、第五幕第一場でももう一度くりかえされる。火薬といい、稲妻といい、これらがその激しさ、迅速さのイメージを通して、企図する悲劇的効果を間接的にたえず高めていることを見落してはならない。

さらにいま一つ、この悲劇について注意されなければならないのは、愛がつねに死との関連において考えられていることである。火薬のイメージにしても、稲妻のそれにしても、そうであるが、愛は決して幸福の完成ということでは考えられていない。むしろそれは「死に魅入られた愛」(冒頭の口上)、「愛を食い殺す死」(第二幕第四場)という形で語られる。まさに愛と死との戯れであり、また詩人クレイショーの句をかりるならば、「愛よ、汝こそは生と死の唯一絶対の主」という意味での愛でなければならぬ。そしてこの愛の自己矛盾は、たとえば、第一幕第一場ではロミオの口を通して語られる、「争いながらの愛……愛する故の憎しみ……無から生れた有……心沈む浮気の恋……大真面目な戯れ心……鉛の鳥毛、かがやく煙、冷たい火、病める健康……覚めての眠り（下略）」というような長々とつづく矛盾修辞や、同じくまた第三幕第二場でジュリエットの、「うるわしの暴君！　天使のような悪魔！　鳩の羽根をつけた烏！　狼のように残忍な小羊！……地獄の聖者、誉れ高い大悪党！」という呪いとなって、くりかえし悲劇的階音の中で耳を打つ。

そのほか、まだ書くべきことはいくらでもあるかもしれないが、一応この辺で打ち切るとして、とにかくこの悲劇の真の主人公ともいうべきは、激しい青春の情熱そのものであり、後年の悲劇についていうような性格の悲劇ではない。宿命的な悲劇の死へとみずからを駆り立てる主人公たちの姿は、たしかに強烈な感銘を残さないではおかないであろうが、それはむしろ一種の理想化にいそがしく、それ以上に鮮明な個性的人間像の造型というまでにはいたっていない。まして複雑な近代的性格の陰影などを彼等に求めるのは、むしろ求める方が無理である。ただ明るく、そして華やかに咲いて散った南欧的情熱の花二輪というにすぎない。

むしろ性格ということからいえば、もっとも鮮明なのは副次的人物であるマーキューシオと乳母であろう。脇役といえば脇役にすぎないかもしれぬが、見事に造型されたこの二人の人物こそ、ある意味では単純すぎるといってもいいかもしれないこの愛の悲劇に、大きく作者の人間的成長、いわばシェイクスピア的人間学への深まりをはっきり示しているように思える。

## 17

この二月ほど、身辺の事情もあって、休載やら転載やら、いろいろ申訳ないことをしてしまった。この辺で、もう一度、軌道にかえしたいと思う。

そこで、いろいろいままでも書いてきたが、このあたりでシェイクスピアの芝居、あるいはシェイクスピアの芝居だけでなく、一般にいって当時の芝居、つまりエリザベス朝期の演劇というものが、どんな劇場と舞台で上演されたものか、そのことについて、二、三回書いてみることにする。というのは、演劇というものは、作者がいて、一本のペンと若干の紙とさえあれば、勝手に、自由に作者の想像力だけでできるものではない。そこには作者以外の、まず劇場とか、俳優とか、その他なにやかやの異物がはいってきて、これが大きく演劇の性格を決定するのである。ことに劇場の構造というか、メカニズムというか、これが事実大きく演劇の様式や内容を決定してきたことは、長い演劇史を見ても、はっきり証明されている。

ひところ、よく読まれた手頃な演劇概論の本に、アシュレー・デュークスという作家兼演劇批評家の「戯曲《ドラマ》」というのがあった。この本の書き出しに、いきなり著者は、演劇は不純（impure）な芸術だということを強調していた。不純という日本語にしてしまうと、誤解が起るかもしれぬが、要するに、上にもいったように、詩だとか、小説だとかのように、作者ひとりの責任で自由に創作できるものでない。もちろん、演劇といえば、まず戯曲が中心の鍵を握る重要な要素にはちがいないが、さてそれが演劇として舞台上に実現するまでには、いろいろ戯曲外の要素がはいりこんでくる。早い話が、まず劇場の構造、その大小も大いに関係するだろうし、そのほか舞台の構造、メカニズム、次には、それを取り上げる演出者の解釈（戯曲作者と演出者が同人の場合は多少事情はちがってくるが）、さらには舞台装置、照明の方法、そして最後に相当大きな要素として俳優の演技力という厄介な問題が介入してくる。

二、三具体的な例をあげていうと、たとえば西欧の歌劇というものは、あの横長よりも縦に深い舞台をもち、劇場そのものも天井のひどく高い劇場構造があって、はじめて今日ある形のように完成されたものであって、おそらく日本のカブキ劇場の様式を今日なお多分に伝えているような、いたずらに横幅が長く、天井の低い舞台や劇場では、とうてい現在のような歌劇にはならなかったのではないか。おそらくかなり異なった様式をとって発達したであろう。近年は、西欧のオペラがときどき日本でも上演されるが、ずいぶん勝手の悪い、妙な舞台になることは、すでにお気づきの読者も多いと思う。

またせいぜい数百人の小劇場と、何千人という大劇場とでは、当然そこに生れる演劇の性格は変ってくる。前にも書いたと思うが、大劇場になればなるほど「見せる芝居」の要素が強くなり、ほんとうの意味での「聞く芝居」、言葉をかえていえば、真に味のある対話劇が大きく失われていくのはやむをえない。かつて六代目菊五郎が鈴木泉三郎という作家の名作「生きている小平次」というのを上演して、いまも語り草になっている名演技をのこしたことがある。ところが、この芝居、新橋演舞場という大劇場でやったもので、小平次に扮した六代目の低声のセリフがなんとも聞きとり難い。筆者自身もまだ貧乏書生だったので、大向うの大衆席で観たが、たしかに悩まされた。そんなことで、たちまち名演技という好評をえたにもかかわらず、いろいろその点でやかましい論議を呼んだ。が、これは六代目を責める方が無理なので、戯曲の性質上からいっても、この作品のセリフを大声でしゃべるなどということは、彼の芸術的良心がゆるさなかったであろう。つまり、戯曲そのものが大劇場には無理だったので、もしあれを小劇場ででもやっていたら、さらに数倍してどんなにいい名舞台だったろうかと、いまでも残念に思っている。

さらに、劇場が屋根つきで、舞台照明はすべて人工光線でやるか、それとも本来の能舞台のように、照明はすべて自然の太陽光線一本でやるかでは、そこに上演される演劇、ひいては戯曲も大いに変ってこなければなるまい。さらに最後に、そして最大なものに俳優の演技力がある。いかに戯曲がよくて、演出者が傑れていても、それを十分に形象化する俳優がえられなくては、これまたどうにもならぬ。俳優の演技力不足が、あたら名戯曲を、そして演出家の傑れた解釈を、殺してしまう実例はいやほどある。果して当っているか当っていないか、多少の疑問はあるが、最近の劇団「雲」によるベントール演出「ロミオとジュリエット」の舞台などにも、多分にそのきらいがないでなかった。

さて、いろいろくどくどと書いてきたが、要するに、演劇とは「不純な」芸術だということである。だが、もちろん、不純だから悪いとか、いけないとか、いっていたところで意味のないことで、ただ筆者のいいたかったのは、そうしたわけで演劇というものは、つねに戯曲以外の要素、とりわけそれが上演される劇場ないし舞台のメカニズムによって、大きく決定されるということである。

しかも戯曲作家が、現実の舞台条件もなにも一切無視して、ひたすら書斎の中で自由な想像力の動くままに創作するならしらず、たとえ座付作者ならずとも、たいていの作者は、まず現実の劇場、舞台を考慮に入れて書くはずである。すると、当然劇場のメカニズムが演劇、戯曲を決定するということになる。したがって、これも具体的にいえば、あの古典ギリシャ劇の性格、形式を決定した大きな要素の一つは、なんといってもあの古代ギリシャの野外式円形劇場とその舞台であり、またわがカブキ様式の発展を促してきたものは、わがカブキ劇場構造の発達の中にあったとみなければならぬ。したがって、当然同じことは、シェイクスピア劇についてもいえる。シェイクスピア劇を正しく理解するためには、なんといってもやはりエリザベス朝劇場構造に関する一応の予備知識が必要であろう。

もちろん、芸術というものには、そうした第二義的な外的条件をこえて、いわば万代的というべきあるものを含まれているにちがいない。だから、そんな知識、考慮はいらぬといえばそれまでだが、たとえばシェイクスピアの原作を読んで、これを現代西欧式のプロセニアム舞台の中だけで考えるとすれば、そこにはとんでもない一人合点の危険もあるし、逆にかんじんの妙所を見落してしまうおそれもある。

またしても先日のベントール演出「ロミオとジュリエット」にかえるが、見ていて私にもっとも興味深かったのは、彼の脚本構成、つまり、原作脚本の刈り込み方であった。あれは原作の四分の一、あるいは三分の一近くも刈り込んだものであったが、少しでも原作を読んでいる看客だったならば、ことに最後の方に近く、二、三の短い場を思い切って全面的に切ってしまっていたことに気づいたはずだと思う。筆者自身は、ベントール氏の脚本編集のすべてを、そのまま必ずしも支持するわけでないが、少くともあの最後の幾場面かの削除などは、非常に興味深く思った。

というのは、もともと「ロミオとジュリエット」というシェイクスピアの原作、これは後でもいうが、舞台前面の幕もなければ、いまの暗転などという便利な舞台転換の方法も知らない当時の劇場に書き下されたものであり、言葉をかえていえば、白昼太陽光線の中で、しかも舞台を看客席からかくす幕もないままで、場面の転換を看客に伝えなければならなかったのである。そこで仕方なしに、あまり重要でない短い場面を間に挿入しては、同じ舞台でも場面は変ったこと、一定の時間が経過したことを暗示しなければならなかった。したがって、いまのように、暗転だの、仕切幕だの、その他いくらでも便利な舞台転換を示す方法ができてみると、そうした短い挿入場面のいくつかは、劇本来の効果からいえば、少しも必要ないことになる。むしろ削ることによって、かえって悲劇効果の漸強《クレセンドー》が集中的に高められることだって十分にありうるわけ。したがって、これを刈り込むことは、原作の冒瀆か否かなどということで考えるべき問題でなく、むしろ、もし今日の舞台メカニズムの下でなら、シェイクスピア自身、そうした場面はつくらなかったかもしれないということである。(もちろん、別の意味でマルごと上演ということの意義も、十分ありうることはいうまでもない。)

これは、ちょうど最近あった一例だから触れたのだが、いう意味は、シェイクスピアの戯曲というのは、とにかく当時の劇場条件と緊密に結びついているものであり、決して書斎の中で自由に構想されたものではない。だから、逆にいえば、そうした事実を考えたとき、はじめて意外の面白さに気づくことも十分ありうるのだ。

そこで、以下、知っておいて役に立つかと思えるエリザベス朝劇場の特徴を、いくつか挙げていこうと思うのだが、まずその前にエリザベス朝劇場とは、どんな劇場を意味するのか、それを簡単に述べることにする。

シェイクスピア、あるいはエリザベス朝演劇と一口にいっても、必ずしもすべてが同じ種類の劇場で上演されたわけではない。一つは、通常「公衆劇場《パブリック・プレイハウス》」と呼ばれるもので、シェイクスピアとは切っても切れない深い縁のある有名な「地球座」なども、その一つ。ところで、いま一つは、これは名前で誤解されやすいが、「プライヴェイト・シアター」(private theatre)と呼ばれるもので、これもいくつかあった。またそのほかにも、貴族の邸や学校のホールなどでの上演用に書き下され、そこで初演されたものも相当にある。宮廷での上演も、これに準ずるものであろう。

いわゆる公衆劇場とプライヴェイト・シアターとの区別は、必ずしも名前が想像させるようなものではなかった。重要なちがいは、前者が屋根のない屋外式の劇場であるのに対して、後者は屋根つきの屋内劇場であったというにすぎない。この屋内劇場の方は、当時もと子ども芝居の劇団があり、それが常打ちの劇場にしていたのだが、のちにはシェイクスピアの属する劇団などが権利を買って、冬の間、屋根なし公衆劇場では興行が打てない期間など、代って興行することになったから、いよいよ区別はなくなったことになる。プライヴェイトといっても、別に会員制式に入場者を制限するわけではなく、ただ公衆劇場に比較してかなり高い入場料をさえ払えば、誰でも見られたのである。

そんなわけで、以上、細かくいえば、いろんな上演舞台のちがいはあるが、なんといってもエリザベス朝演劇といえば、中心はいうまでもなく公衆劇場での上演であった。したがって以下の記述も、もっぱらこの公衆劇場を中心にしてすすめてゆく。

さて、そのエリザベス朝常打ちの公衆劇場が、はじめてロンドンにできたのは、シェイクスピアのまだ少年時代だった一五七六年であった。これが成績がよかったもので、その後相次いで新劇場が建ち、多いときは、地球座などを含めて、ロンドンで十座前後にもおよんでいた。ところが、一六四〇年になって、例の清教徒革命というのが起ると、清教徒は芝居その他の娯楽物をすべて風教上の敵として憎んでいたので、全座ことごとく閉場という憂き目にあった。

もちろん、こんなことが長くつづくはずのものでなく、二十年後の一六六〇年になると、王政復古ということになり、ふたたび芝居も開場ということになるが、但し、このときからイギリスの劇場は、すべて大陸様式が採り入れられることになり、いわゆるエリザベス朝劇場のユニークな様式は、ほとんど消えてしまった。日本のカブキ劇場などとちがって、純粋にエリザベス朝劇場の様式というものは、わずか七十年足らずの命脈にしかすぎなかったのである。

さて、それでは次に劇場構造の特徴をいくつか、具体的に挙げてゆくことにするが、第一にまず挙げたいことは、劇場がすべて小劇場だったことである。(但し、収容しうる看客数は、いろいろ説もあるが、大きさに比して、意外に多かったらしい。)これはシェイクスピア劇が、いわゆる「言葉、言葉、言葉」の戯曲、つまり、「見る芝居」よりも、むしろ「聴く芝居」であったことを述べたときにも書いたから、多少重複になるかもしれぬが、とにかく小劇場――いわゆるテアトル・アンチームと呼ばれる種類のものであったこと、これだけは大事なことだから、もう一度書いておく。

劇場の外形については、円形であったもの、八角形であったもの、また稀には四角形だったものもあったことがわかっているが、いずれにしても、いまの劇場の観念からすれば、非常に小さかった。上にいった四角形だったある劇場(早大の演劇博物館がほぼそれを模したものである)の設計資料がのこっているので見当がつくのだが、だいたい外まわりで八十フィート平方だったとある。したがって、内部の大きさからいえば、劇場というよりも、せいぜい小さな寄席《よせ》程度の大きさだったと思ってよい。

こんな劇場であったればこそ、セリフのやりとり間に表現される微妙な心理の陰影まで伝えられたのであり、何千人劇場などという大劇場で、大声にセリフをわめかなければならないような条件下では、とうてい期待できるものでない。もちろん、今日では音響効果を鋭敏にする建築上の技術が非常に発達したし、おまけにマイクなどという便利なものまでできているので、真にシェイクスピアのセリフの劇の言葉の興味を味わえる劇場の大きさは、多分に拡大されたとは考えられるが、それにしても、やはり本来のシェイクスピア劇は、決してマンモス劇場に適当したものではないと思う。まずこのことが第一の特徴である。

# 18

近代風劇場とはちがうエリザベス朝劇場の特徴について、いま少し前節にひきつづいて書いてみる。

地球座内部（復元想像図）

そこで、次に重要なことは、エリザベス朝劇場は、太陽光線の劇場だったということである。挿入しておいた写真でもわかるように、舞台の上や、客席も周囲の桟敷席の上だけは屋根があったが、大部分を占める平土間の上は青天井であった。つまり、一種の屋外劇場であった。したがって、むかしの回向院時代の大相撲ではないが、晴天だけの興行、雨の日は休んだ。

そこで、これは当然のことだが、深夜の真暗な場面でも、芝居は、(もしほんとうの晴天ならば)サンサンと降り注ぐ太陽光線の中で演じられたわけである。例の「マクベス」での深夜ダンカン王弑逆の場面も、マクベス夫人夢遊病の場も、目で見たかぎりでは明るい光線の中で演じられた。「夏の夜の夢」の森の場面などもすべてそうである。なんのことはない、「夏の昼の夢」であったわけだ。

演劇というものが、原則として屋内と人工光線の中に押しこめられてしまった今日から考えると、いささか奇異に考えられるかもしれぬが、もともと演劇は屋内で生れたものではない。明るい太陽光線の下で生れた実に健康きわまるものであったのである。世界の演劇すべてがそうであった。古代ギリシャの演劇が、あの広大な野外劇場で生れたものであることは、人の知る通りであるが、わが国の演劇にしてもそうである。そう古い時代にさかのぼるまでもない。能楽でさえもそうであったことは、現在の能楽堂では、もはやほんの形だけになってしまったが、それでも本来の野外劇場をしのばせる、屋上屋を架するような舞台だけの破風屋根づくりや、舞台をめぐる白洲の存在によって、想像だけはできるはずである。

わたしは、一部の急進的演劇改革者たちが一時さかんに主張したように、演劇が屋内に閉じこめられたことをもって、必ずしもただちにすべて堕落だと考えるものではないが、しかしまた同時に、演劇が太陽光線の下にあったとき、それはきわめて健康で、ハツラツたる精神をもっていたことも十分に肯定する。いいかえれば、ときに芝居は、それが野外で生れた本来の源流を思い起す必要があることを言いたいのである。今世紀のはじめごろだが、文豪ダンヌンチオの愛人ということのおマケまでついて、世界的名声をはせたエレオノラ・デューゼというイタリアの大女優がいた。ところが、その彼女が終生あこがれていたのは、古代ギリシャの野外演劇であった。彼女は喝破している。「わたしたちはギリシャに帰らなければならない。……太陽光線の中で芝居をしなければいけない」と。やはりこれも今世紀初頭、反自然主義演劇運動に火をつけた演出家ゴードン・クレイグの言葉をかりれば、「太陽光線こそはもっとも正統な、しかももっとも自由な創造の場である。ここでは一切がゆるされる。不自然すらがゆるされる」と主張した。(ついでにいえば、歌舞伎なども元禄期ごろまでは、屋根なしの小屋であった。)

それはさておき、エリザベス朝演劇もまた、ギリシャ劇ほどの徹底さはもちろんなかったが、とにかくやはり太陽光線の下での演劇であった。したがって、ただ見た目だけでは、それが夜の場面だか、昼の場面だかは区別がつかなかったわけ。シェイクスピアの脚本を読むと、少し注意深い読者ならば、各場面のはじめにそれが夜だか昼だかを看客に理解させるセリフが必ず数行はいっていることに気がつくはずである。「ハムレット」第一幕第一場なら、いきなり歩哨同士の闇をすかしてするような誰何の問答があり、「いましがた十二時が鳴った」という一句があり、「マクベス」第二幕第一場、ダンカン王弑逆につづくキッカケが、「もう何時だ?」「月はもう沈みました」「十二時に沈むはずだな」云々のセリフに始まる類いである。これも能でいえば、「松風」で主人公登場の一声、次第が須磨の浦、月の夜景の叙述にはじまったり、「黒塚」のいきなりのサシが「まどろむ夜半ぞ命なる」と老婆の述懐がつづくなども同様である。もともと白昼光線の中の演劇であったことがわかる。

さて第三には、それとも関連するが、舞台がほとんど無背景であったことである。どの程度にまで無背景であったかは、なかなかに難しい問題であり、必ずしも定説があるわけでないが、しかし少くとも今日見るような写実的な背景、書割りなどのなかったことは確実であり、せいぜい暗示的な道具類がいくつか出されることによって場面が限定されたものであることは疑いない。たとえば寝台でもあればそれだけでもう寝室、椅子とテーブルと、それに玉座らしいものが出ていれば、宮廷の一室、三、四本の立木ようのものがあれば森、等々といった工合だったと考えられる。これも日本人ならば、現在も行われている能の舞台を考えれば、容易に理解はできるはずである。

そこで、それもこれら簡素で暗示的な背景を補ったものに、セリフ、すなわち言葉による叙述というものがある。たとえば「リア王」の第三幕第二場、これは有名なリア王あらしの荒野での狂乱という数場面がはじまる序の口だが、そのいきなりに次のようなリア王の長セリフがつづく。

「吹け、風神奴、頬を吹きやぶるまで吹け！　吹いて、吹いて、吹きまくれ！　降れ、大雨、滝になり、竜巻になって降り注げ！　そびえ立つ塔の頂きを水びたしにし、風見車をおぼらせてしまえ！　一瞬に天地をかけめぐる硫黄の火よ、カシの木を真二つにさく雷の先ぶれ、稲妻よ、おれの白髪をやきつくせ！　天地をゆるがす雷よ、球なす地球をうちくだき、平らにしてしまえ！　自然の根を絶やし、忘恩の徒をつくる子種をすべてぶっつぶしてしまえ！」

散文訳にしてしまうと、まことに味気ないことになるが、もちろん原文は詩、しかもかなり高揚された詩である。だが、問題は、なぜこんなセリフによるあらしの描写を、長々とここでいれなければならなかったか、ということであろう。現在の劇場にしてこの場面を考えるならば、まず写実的か、象徴的かの相違はあれ、とにかく荒野をそれと理解させる装置なり、背景なりがあるにちがいない。また照明なり、擬音なりで、これもあらしの雰囲気をふんだんに出すにきまっている。そうしてみると、この言葉による長セリフはまことに妙なものであり、ある意味では無用の説明といえるかもしれぬ。

が、ほとんど無背景、無照明、そしておそらくは擬音効果なども、とうてい今日のようではなかった当時のエリザベス朝舞台にあっては、やはりこれが必要だったのであり、これによってはじめて看客は、あらしの荒野を心眼によって髣髴しえたものにちがいない。

たとえば能の「熊野《ゆや》」の「四条五条の橋の上」にはじまるあの長い「上歌」、「ロンギ」を通して、無背景、松羽目舞台の上に、春の都大路の雑沓、そして花の東山のケンランさを想像したのと同断であろう。シェイクスピアの場合、そうした言葉による描写が、ただ背景の代用物だけの機能であったかどうかについては、必ずしも一概に割り切れないものがある。単なる背景の代用という以外に、それはそれとして立派に詩劇としての意義をもっていたことはもちろんだが、だからといって言葉による背景描写という意味も否定しきることはできない。やはりエリザベス朝演劇の一つの特徴と見てさしつかえない。

ところで、上に述べてきた太陽光線の劇場といい、ほとんど無背景というこの条件は、どのような性格をその演劇にもたらしたかということである。一言でいえば、これらの条件は、当然看客たちに強い、旺盛な想像力を要請した。劇的効果の大部分が、見た目にではなくて、心の眼に訴えかけることによって期待されたのである。いわば想像の演劇だったのである。このことは当然散文による写実劇よりも、いわゆる詩劇の発達を促すことになる。エリザベス朝演劇が詩劇の時代であったのは当然であろう。そして日本語訳によるシェイクスピア劇の上演の場合、もっとも大きな難点もここにある。原文でなければ醍醐味はわからぬなどというのは、まことにキザな言い方のようであるが、シェイクスピア劇の場合、あるいは詩劇の場合は、残念ながら、ある程度それも真実といわねばならない。

第四は、挿入した舞台平面図でもわかるように、舞台の前面、つまり看客席と舞台とを絶縁する幕がなかったということである。（幕はあったが、それは後にも述べる外舞台と内舞台とをへだてるもので、看客席をかぎるものではなかった。）これも能舞台を今日なお伝えている日本人には、きわめて理解しやすいことだが、つまり看客は入場すれば、ただちにムキ出しの舞台を見ているわけで、芝居がはじまるまで、舞台をかくした幕だけをじっとにらんでいたわけではない。だから、芝居がはじまるといっても、別に幕が開くわけではない。人物が登場してきてはじまったのを知るわけ。終りも同様、別に幕はしまらない。「ハムレット」の終幕などでもおなじみのように、だから、死体をかついで出たり、引きずって入ったりすることで始末をつけるのが原則であった。

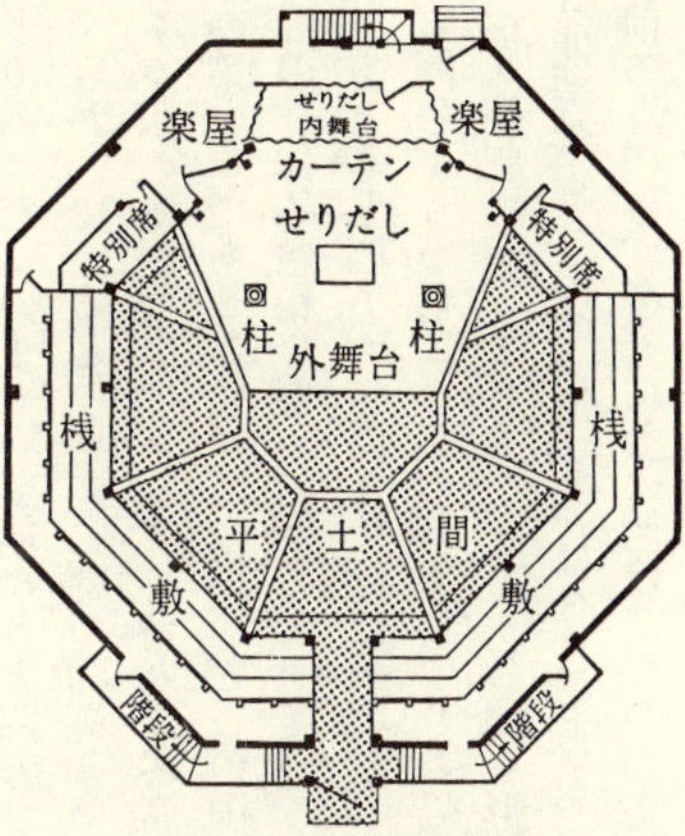

一階の平面図

またこれも大事なことだが、挿図でもわかるように、看客は三方から舞台をかこんで見るようになっていた。もともと演劇の本質というものは、見るものが演劇者を四方から囲んで楽しむ、つまり演技者と看客とが精神的に、情緒的に一つに融合することであった。いまでも芸能などを四方から取りかこんで楽しむという、あれは演劇の本質を表わしているといっていいのである。踊るのが阿呆なら、見るのも阿呆、これがそもそも本来の演劇芸能であり、舞台と看客席との間に一線を画すなどというのは、演劇の堕落の第一歩であるといってよい。どこの国の演劇をとってみても、源流は必ず演技者と看客との一体的融和をもってはじまっているのである。

もともと四方から囲んで見たものが、楽屋その他舞台裏の必要があって、次には三方から囲むような形になるのが、いずれの場合でも共通だが、その意味からいっても、エリザベス朝劇場が、まだその三方から囲む形式をそなえていたことは大きく注目されてよい。(能楽堂も、その古いものは今日もなおこの形式をのこしているし、歌舞伎劇場も明治以前のものは、多分にその名残りをつたえていた。)

そこで一応まとめていうと、この項で述べた舞台前面の幕がなかったこと、そして看客はほぼ三方から舞台を囲んで楽しんだというこの形式、これらは両々相まって舞台と看客席との断絶を解消する。言葉をかえていえば劇場全体を一つの感情の中に溶けこませることにおいて、大きな役割を果していたと思えるのである。

次は第五。これは直接劇場構造とは関係ないかもしれぬが、シェイクスピア劇、あるいはもっと広くエリザベス朝劇の女の役は、すべて男が演じていた。もっと正確にいえば、一応声変りしない前の少年俳優が扮することになっていたことである。イギリス演劇は、一応大陸の演劇とは別の伝統をもって発達したものであるということは、前にも述べたが、そのせいもあってか、エリザベス朝のイギリス劇団には女優というものがいなかった。(イギリスに女優が生れるのは、清教徒革命を経て、一六六〇年王政復古期になり、新しく大陸演劇の伝統がはいって、劇場の再開を見てからのことである。) だから、オフィーリアも、デズデモーナも、ポーシアも——すべて少年俳優が扮していたわけだった。

そのことを知ってシェイクスピア劇を読むと、いろいろと思い当ることがあるにちがいない。まず登場人物表を開いてみるがよい。どの脚本でもそうだが、男の登場人物が非常に多いのにひきかえ、女の役はせいぜいいつも数人であることに気がつかないであろうか。声変りをしない少年俳優ということになると、当然条件が非常にきびしくなり、いきおい俳優の数は制限を受けることになる。いかに多数の女優を登場させようにも、登場させられなかったのが実情なのではあるまいか。

またオフィーリアだの、コーディリアだのといえば、のちには名女優が演じるようになり、したがってお馴染みの有名役になってしまったが、仔細に原作を読むと、これらの若い女性、まこと可憐で哀れをそそるようには書かれているが、決して積極的な役柄ではない。むしろきわめて受身の儲け役である。せいぜいが、「ヴェニスの商人」のポーシア、「十二夜」のヴァイオラのような、ハキハキして知性的なところが目立つくらいである。いかに美貌で可憐だったとはいえ、少年俳優のことだから、そうすぐれた演技力の持主が多かったとは考えられぬ。(歌舞伎のように、七十歳のベテラン老女形が太功記十段目の初菊になるというようなことはなかったのである。)してみると、シェイクスピアは、その若さ、美貌という長所を巧みに生かし、哀れをそそることによって演技力の不足をカバーさせたとも見られる。しきりに娘役に可憐な歌を歌わせるなども、その工夫の一つであろう。というと、それならマクベス夫人やクレオパトラというような男まさりの中年女はどうしたという疑問になるかもしれぬが、これは推測だが、稀に一、二、少年にもかかわらず、きわめて演技力のすぐれた少年俳優がいたに相違ない。それを当てこんでシェイクスピアはマクベス夫人、クレオパトラを創造したものにちがいない。また女が男装して出るというストーリが非常に多いことも、ご存じであろうと思うが、これも女役が少年俳優だとわかれば、むしろ自然に変装できるというわけで、きわめて楽にやれたものにちがいない。

そもそも女役をやるのに男でいいかどうかは、難しい問題だが、いわゆる自然主義的写実劇でないかぎり、一概に不自然といえないのが演劇の不思議なところである。明治時代、歌舞伎の女形がわりに女優を養成したことがある。だが、完全に失敗に終ったことは周知の通り。つまり、演劇として女の本質を表現する点において、不自然な女形の方が写実的な女優よりも、はるかに適当であることが証明されたということにもなる。シェイクスピアたちもまた、女ならぬ少年を使って、かえって女の本質を具象化した名女役を創造することに成功していたのである。

19

前節につづいて、いよいよ舞台そのものの話になるわけだが、それには、前にのせた挿図を、もう一度開いて、参照しながら読んでいただきたい。なかなか言葉だけでは理解しにくいかもしれないからである。

まずエリザベス朝劇場というのは、一つの舞台といっても、機能的には三つの舞台を一つに組合せたものと考えてよい。これが大きな特殊性であった。三つの舞台というのは、第一がまず外舞台 (outer stage)。これは平面図でもわかるように、不釣合いなほど大きくいわゆる平土間の中ほどまで突き出ている。当然前節でも述べたように、看客はある程度三方から舞台をかこんで見るような形になる。(これが正確に長方四辺形になっていたか、それとも前面で先細りになり、図のように梯形に近かったかについては、従来いろいろ意見もあったが、どうやら先細り説の方が定説になったようである。) 前面に幕のないことは挿図の通り。

外舞台には大きな柱が二本あり、これが一種の屋根を支えている。この屋根は普通「天」(heavens)と呼ばれていた。またこの外舞台には、中央あたりに「せり出し」の穴が切られていて、例の「ハムレット」の父の亡霊などは、ここからせり上ってきたものと考えられる。

さて次は「内舞台」(inner stage)。これは外舞台の奥につづいていた小舞台で、その間は、これまた挿図でわかるように、左右に開閉できる幕で仕切られていた。ここは寝室だの、洞窟だの、居間だのと、そんな場面のときに用いられた。最後は「二階舞台」(upper stage)。これはちょうど内舞台の真上にあたっており、平面図ではよくわからないが、内部想像図の方では、はっきり存在が見えるはず。これは文字通り二階の寝室になったり、バルコニーになったり、また城壁の上、小山の頂き、等々といった高い場面のときに使用される。

(ここでちょっと断っておくが、シェイクスピア関係の学問で、ここ二十年間ほど、もっともめざましい成果を見せたのは、この劇場構造の研究にあるようである。そこで以上述べた舞台の構成、とりわけ内舞台と二階舞台とについては、いろいろ新しい説があり、名称なども、内舞台とか二階舞台とかいわず、別の名称を採用している学者もある。だが、結局エリザベス朝舞台が、外と内と上という三つの部分の結合から成っていたという本質については変りないので、むしろ従来からいわれている、わかりやすい言い方をそのまま使っていくことにする。）

さて一つの舞台が、実は三つの舞台の組合せから成っていたことは、以上の通りであるが、問題は、それら構成的舞台を実際にはどんな風に使ったか、ということにある。まず第一に言えることは、構成舞台であったために、場面の転換が非常にスムースに、しかも幕間時間を要せずに行えたということであろう。たとえばお馴染みの「ハムレット」に例をとってみる。冒頭の亡霊出現の場面は、おそらく外舞台だけ、内舞台との間の幕は閉まったままだったろう。第二場はガラリと宮廷内の広間のようなところに変るが、これは前場の終りでホレーショ等が退場してしまうと、そこで幕を開いて内舞台を出す。すると、内外両舞台を合せた全体が広間ということになり、宮廷内の場面が進行する。前場の進行中に、閉まった内舞台に玉座を象徴する椅子を二つほど出しておけば、あとは幕を開くだけで、すぐと第二場になるというわけ。

つづいて第三場は、オフィーリア、レアティーズなどが登場して、ポローニアス一家の家庭風景だが、別に特定の部屋という限定らしいものはセリフに現われないので、おそらくは第二場が終って全員退場すると、ふたたび幕が閉まって、外舞台で演じられたのではなかろうか。屋外、屋内をとわず、特に限定されない場面は、外舞台で演じることになっていたらしい。そこで次の第四場、第五場とつづく場面、ハムレットが夜の見張りに加わり、父の亡霊に会って、これを追い、ついにその死の秘密を明かされるところだが、おそらく最初、第四場の「胸壁の上」というのは、一転して二階舞台を使ったのではないかと思われる。そこで「憑かれたもののように」亡霊を追って退場ということになるが、次に亡霊とともに登場する第五場は、明らかに外舞台でなければならぬ。ここで亡霊がいくどか地下から呼びかけるのを見ても、これはセリ出し穴から消えて、奈落からの声となっていることにまちがいない。

もちろん、こうした場面変換の詳細はすべて、当時の舞台慣習から推しての推定であり、したがって部分的には別の見解をとる研究者もあるが、大綱においてはまずまちがいない。そして筆者の示したかったことも、つまりは上に述べたように、事実上には三つの舞台の組合せであったればこそ、場面の転換、劇の進行がきわめてスムースに流れて、幕間時間などによる感情のリズムの中断、停滞をうまく免れることができた、ということを言いたかったからである。

今日、流布本でシェイクスピアを読まれる一般の読者は、きっと彼の劇が、悲劇、喜劇、史劇をとわず、非常に多くの場面《シーン》から成り立っていることに気づかれるにちがいない。たいていが二十場前後、むしろそれを越えるものの方が多い。もっともひどいのは「アントニーとクレオパトラ」であり、これは実に三十八場（さらに異本の場割にしたがうと、四十二場）に及んでいる。したがって、極端な場合は、一場わずかに十行前後というのさえおびただしくある。シェイクスピア当時の劇場では、一つの芝居の演了時間がほぼ二時間あまりであったらしいことは、前にもどこかで述べたように思うが、こんなに多数の場面を、どうしてそんな短時間に演じおえることができたか。秘密はこの舞台構造にあったのである。背景、装置が簡単な上に、三つの舞台の組合せによる、このスムースで迅速な場面転換があったればこそ、そんなことも可能だったのである。

そこで、もう一つ、この場面転換の妙を巧みに利用した具体例を、「ロミオとジュリエット」から引いてみよう。いったいこの悲劇は、エリザベス朝舞台機能の特色を、実にうまく計算に入れて書かれた芝居であるが、それは一般流布本で第四幕第二場から第五場にいたる一連の場面である。普通の刊本では、「キャピュレット家の広間」から、「ジュリエットの寝室」、また「キャピュレット家の広間」、ふたたび「ジュリエットの寝室」とつづいている件りだが、はじめ第二場の「キャピュレット家の広間」は外舞台、つまり内舞台への幕は閉まっており、その奥がジュリエットの寝室という心。だから、その外舞台でジュリエットが伴《いつわ》って結婚を承諾し、「乳母とともに退場」とあるのは、幕の間から内舞台へ消えるので、つまり寝室へ退いたことになる。そのあと両親たちの対話があって、第三場「ジュリエットの寝室」とあるのは、ただここで内舞台との仕切り幕を開くだけにすぎない。開くと、乳母と彼女とが寝室にいるわけである。（ここで今日の刊本は、普通「ジュリエットと乳母登場」というト書があるが、これはよくない。むしろ誤りである。幕が開くと、すでに二人は内舞台にいる。つまり、芝居の言葉でいういわゆる「板つき」の形で現われるのである。）ここは有名な眠り薬を飲む場面。飲み終って寝台に倒れ伏すと、幕を閉じる。これでふたたび外舞台が広間、つまり第四場になる。広間では結婚式への準備が急がれている。しばらくこれがつづくと、かなりの時間の経過したことを意味し、最後に乳母が命じられて、ジュリエットを起しに入るところで、この場は終る。但し、入るといっても、それもまた仕切り幕を開けて内舞台へ入るだけ、場面はふたたび寝室という体で、以下、仮死状態のジュリエットを発見しての騒ぎになるというわけ。つまり、第二場から第五場までは決して切り離された四つの場ではない。巧みな幕の開閉を利用してできた一連の流れ《リエゾン》と見なければ意味がない。

以上述べてきたように、エリザベス朝劇場の舞台は、二階舞台と平舞台との対照によって、一種独特の立体的効果（そのもっともいい例は、「ロミオとジュリエット」の有名なバルコニー場面とか、「アントニーとクレオパトラ」の最後のクレオパトラの死の場面）を出すとか、また、上述の三つの舞台を巧みに交代させることによって、場面転換をスムースにし、劇的効果のリズムを停滞なく進行させるなど、大陸の劇場には見られない独自の特色をもっていた。だが、考えてみると、必ずしもそれはエリザベス朝劇場だけの独占物ではなかったようである。

たとえば、わが歌舞伎劇場である。といっても、これは西欧式劇場の様式を採り入れた明治以後のそれではない。明治以前のものを指しているのだが、そもそもエリザベス朝劇場と歌舞伎劇場とは、いずれもそれらが外来の劇場様式の直輸入でなく、あくまでも土着の演劇的要求にしたがって発生、発達した平民の劇場であるという点において、当然のことながら、不思議と共通な機能を数多くもっている。

場面転換のこともその一つである。その場合わが歌舞伎劇場は、例の廻り舞台、あるいはさらに進んで「蛇の目廻し」などというような絶妙な工夫まで作り出したのは、エリザベス朝舞台はもとより、ひろく西欧のどこの国の劇場伝統にも見られない独特のものだが、さらにいわば複式舞台（エリザベス朝舞台の外、内、二階の組合せ式を、かりにこう呼んでおく）という点においても、ある種のわが歌舞伎狂言は、さりげない形で、見事にそれをやってのけているのである。

たとえば近松半二つくる「妹背山婦女庭訓《いもせやまおんなていきん》」という狂言がある。四段目の切りは「御殿の場」といってお馴染みの場だが、これは本舞台正面に高足の二重という御殿づくりの屋体が置かれ、この前面に自由に上下できる簾《みす》がかかっている。秘密はこの簾にある。この幕の複雑な筋はとうていここで紹介しきれないので、機会があれば一見してもらいたいと思うが、とにかくこの簾一つによって、舞台はあたかもエリザベス朝舞台の外舞台と内舞台のように、見事に二つにわかれる。事実この場の進行中に、簾はいくどかおろされたり上げられたりすることによって、芝居はあるときは外舞台だけ、あるときは二重の内舞台だけ、あるいはときには全舞台を一つにして進められてゆくのである。つまり「御殿の場」は一応たしかに一つの場にはちがいないが、仔細に分析すると、先に述べた「ロミオとジュリエット」の第四幕第二場から第五場にいたるまでと同様、少くとも六つか七つかの小場面の連繫《リエゾン》が実に見事にでき上っているのであり、しかも簾の上下がエリザベス朝舞台の仕切り幕と、まるで符節を合せたように同じ機能を果しているのが興味深い。

なおこの「御殿」の前には、三段目の切りのこれも有名な「山の段」と通称される一場がある。これも一応一つの場だが、やはりよく分析してみると、舞台中央に吉野川の清流のつくりものを挟んで、上手の二重屋体は大判事一家の館、同じく下手のそれは大宰一家の館という体。この川を挟んで、「ロミオとジュリエット」そっくりの仇敵同士の両家に生れた男女の悲恋が展開するのだが、この左右二つの二重屋体の障子を交互に開けたり閉めたり、またときには双方を開け放ったまま全舞台を使って芝居は進行する。エリザベス朝舞台の内と外を、右と左の横に並べかえただけのちがいで、複式舞台の組合せを巧みに利用したいくつかの小場面の連繫《リエゾン》効果であることには変りない。なおこの左右相称型の複式舞台の連繫《リエゾン》の妙は、同じ作者近松半二が「本朝二十四孝」の「十種香」の名場面でも見事に生かしているから、説明は略するが、興味のある方は参照していただきたい。半二がエリザベス朝舞台など知るはずなかったことはいうまでもないが、技巧派作者として定評のあった彼が、おのずからにして同じ舞台的機能の利用に思いついたのだとすれば、まことに興味深い。

ついでにいえば、シェイクスピアはじめエリザベス朝劇詩人たちは、二階舞台を利用して幾多の立体的名場面を生み出した。だが、その同じことをカブキ作者もなんとか工夫してやっているから面白い。一例を挙げると、たとえば「仮名手本忠臣蔵」の七段目、例のはなやかな「茶屋場」の一コマである。例の蛸肴《たこざかな》の件りがあって、九太夫は縁下にかくれる。と、あと「折に二階へ勘平が妻のおかるは酔ざまし、云々」の置浄瑠璃になり、上手の二階屋体の障子を引いてとると、おかるがしどけない姿で夜風に吹かれている。すると由良之助が登場、例の釣燈籠の灯りで長い文を読む。そこでおかるの「思いついたる延べ鏡……」の名場面になり、そのあとおかるを梯子で抱きおろすまでの件りだが、二階のおかる、濡縁の由良之助、さらに縁の下の九太夫と、この三段の立体的構図を一つの鏡と、帯のような真白な文がつないでいる形は、内容はとにかく、舞台の絵画的効果という点では、例の「ロミオとジュリエット」バルコニーの場にもおさおさ劣らない名場面であるように思う。

三回にわたった劇場構造ならびに舞台機能のことも、そろそろこの辺で打ち切りにしようと思うが、とにかくエリザベス朝の劇場様式というのは、本場のイギリスにおいてさえ、すでに述べたように、長くはつづかなかったが、劇場発達史の中ではきわめてユニークな特色をもっていた。そしてシェイクスピアをはじめ当時の作者たちの作品は、なにをおいてもまずこの前提的条件の下で書かれたものであることを、頭に入れておかなければならない。

もちろん、それらの作品が、当時のそのままの劇場、舞台で今日演じられるなどということは、まずない。すべては近代的劇場の条件下で演出されるのが普通である。少年のかわりに女優が女の役を扮するし、劇場には屋根もあれば、舞台装置も人工照明もふんだんに効果的な工夫が用いられる。だが、たとえそうした条件は変ったとはいえ、エリザベス朝劇場のために書かれたシェイクスピア劇の本質的なものを、それだけなんとか新しく生命を吹き込んで、今日の舞台に再現しようというのが、多少大ザッパにいえば、今世紀初頭ごろからはじまったシェイクスピア新演出の主流をなしているといってよい。それだけに、やはり当時の劇場的条件、舞台的条件を一応心得ておくことは、決して無意味ではないはずだ。

ところが、幸いなことに、わが日本では能楽や歌舞伎劇の伝統が、とにかくある程度今日まで生きて伝えられているために、あるいは西欧人以上によく理解しえられる便宜がある。もちろん、だからといって、直ちにエリザベス朝劇を能や歌舞伎に密着させて考えることは、まちがっている。能楽は能楽、歌舞伎は歌舞伎、そしてエリザベス朝劇は、あくまでエリザベス朝劇であるからである。だが、特色を理解する上に、参考として考えることは決して損でない。大きな便宜であるはずだからだ。

## 20

編集長本庄さんの好意にあまえて、ずいぶん長々と書きつづけてきたが、さて考えてみると、シェイクスピアの生きた時代、シェイクスピアを生んだ時代というものについては、ほとんどといっていいくらい書いていない。なるほど、直接には必ずしもシェイクスピアの面白さということに関係がない、といってしまえばそれまでだが、この長談義もそろそろ終幕に近づいたとなると、やはりそういった問題についても、多少は書いておくことにする。

通常いわれる言い方は、シェイクスピアはいわゆるエリザベス朝に生きたということである。もちろん大体には正しいが、正確にいうと多少の補足を必要とする。シェイクスピアの生れた一五六四年はエリザベス一世治世の七年目であり、一六〇三年（シェイクスピア三十九歳）彼女の崩ずるまでは、たしかにエリザベス朝時代であった。だが、そのあとは継嗣がなかったので、まことに遠縁にあたるジェイムズ一世が、スコットランドからはいって王位につく。これは単に王位が変ったというだけでなく、歴史的にいえばテューダー家からスチュアート家へと、王朝の大きな変化である。しかも、あとでも多少触れる機会があるかもしれぬが、イギリスの時代相というか、社会の空気というか、それがこの治世者の交替を転機として、大きく上昇線から下降線へと変化を示していることも、どうやら否定できない。そうしたことと関係があるかないかは別として、このジェイムズ朝にはいってわずか数年すると、シェイクスピアは四十代も半ばすぎで筆を折ってしまうことになるというわけ。

以上がまことに機械的に見たシェイクスピアの生きた時代だが、なんといってもシェイクスピア作品の面白さと結びつくのは、エリザベス朝の社会的雰囲気、そして思想的姿勢ということであろう。しかも、それはどうやらエリザベス一世という稀に見る興味深い一人の女の性格像と、決して無関係ではないように思えるのである。

一つの時代を、こんな風に特定の人間、いや、個人と関連させて考えることには、たしかに危険のあることは知っているが、しかし、とにかくこのエリザベス一世という女帝は、知れば知るほど人間としてとてつもなく面白い。あるいはシェイクスピアの作品以上に面白いといっても過言でない。そんなこともあって、少し横道であるかもしれぬが、まずこの「謎《スフィンクス》」の女王のことからはじめてみる。

考えてみると、エリザベスの前半生ほど数奇という言葉がそのままあたる人間もあるまい。彼女はヘンリー八世の娘として生れた。このヘンリー八世というのがまた、英傑と悪魔とを完全に同居させたような人物だったが、エリザベス王女は生れて三年、まだ満三歳にもならないときに、その実母（アン・ブリン。ヘンリー八世の二番目の妻）は父の命によって断頭台で首をはねられている。またこえて九歳の春には、彼女が深く馴れ親しんでいた継母、すなわち父ヘンリー八世の五人目の妃が、これまた実母と同じ断頭台上におくられた。少女時代にはいっては、いくどか宮廷内の陰謀事件に関連を疑われて、とかく日陰の身をかこっているが、ことに一五五四年に起ったある未遂の叛乱陰謀事件では、二十一歳の彼女までロンドン塔に送られ、その後やっと濡れ衣ははれるが、文字通り断頭台の一歩手前まで行った。もちろん当時は、王位が転げこんでくるなど思いもよらなかった。したがって、一五五八年二十五歳ではからずも王位についたなどというのも、文字通り運命の不思議というよりほかないが、ということは、この齢までの彼女は、ほとんど庶民の娘も知らぬほどの苦労と経験をなめたにちがいない。人間の運命の測り難いこと、人の心の頼りにならぬことなど、おそらくいやというほど身にしみて味わったにちがいない。そこはおどろくべき聡明な彼女である。彼女四十五年の治政成功の秘密の底には、明らかにこの娘時代の体験が見事に生かされていたと考えるしかない。

あるシェイクスピア学者は、彼の生きた時代を、イギリス史におけるもっとも悲惨な二つの内戦、いわば二つの暴風雨の間にはさまれた一つの長い晴れ間であったと要約している。そういえば、三十年（一四五五―八五）にわたったバラ戦争（ちょっとわが南北朝戦争に似ている）の記憶は、ようやく人々の頭からうすれるとともに、来るべき清教徒革命（一六四二―四九）の災厄は、シェイクスピアの晩年になって、ようやく無気味な予兆を現わしはじめたにすぎなかった。いわゆるエリザベス朝の興隆は、まさに文字通りこの比較的長い晴れ間の繁栄だったのである。

もっとも、かくいえばとて、この晴れ間が完全な無風平穏の好日ばかりだったのでは、もちろんない。とりわけヘンリー八世とエリザベスとの両治世をつなぐエドワード六世、メリー女王のそれぞれ短い二つの治世は、それぞれ極端な新旧両宗教政策の強行によって、文字通り報復が報復を呼び、血で血を洗う不安と動揺の一時期であった。それだけに、エリザベスが王位につくことになったとき、イギリス国民はこぞって、国家の統一とその平和とを熱望していたといってよいが、さてその処女王は、いかにして国民のその期待を彼女一身の上にあつめたのであろうか。

即位後まもなく、彼女が下院において行なったという有名な演説がある。その一節を引いてみると、

「わたしは、すでにイギリス国家という夫を獲たのである。わたしに子供がいないからと

いって咎めないでいただきたい。あなた方のすべて、そしてイギリス国民のすべてが、わたしの血縁であり、子供であるからである。神がこの子供たちを奪いさらないかぎり、わたしは石女《うまずめ》というそしりを受けるいわれはない。もしわが墓の上に、わたしの最後の息をもって、『ここに処女として統治し、処女として逝きしエリザベス眠る』と刻まれるにしても、それはわたしの名前の思い出として、またわたしの栄光として、十分の満足である」

これがわずか二十五歳の娘の発言だったのである。当時の女で二十五歳といえば、また彼女が王位にあるということだけでも、その結婚問題は全国民にとって多少の不安をさえまじえての重大関心であったはず。その関心を巧みに利用して、イギリスという国家、そしてその国民こそが「わたしの夫」だと宣言してしまったのである。まことに心憎いまでの殺し文句といわねばなるまい。そして事実、終生独身をまもったばかりか、即位当時は、相次ぐ内政の失敗による混乱、国庫の疲弊、国防力の弱化と相まって、ほとんどヨーロッパでも第二流の国家にしかすぎなかったイギリスを、わずか三十年にしてヨーロッパの覇権を賭ける新興の強大国に仕上げてしまったのである。わが明治日本の興隆期を、好むと好まないにかかわらず、明治天皇という一個の人間像と切り離して考えることが困難なように、エリザベス朝イギリスもまたこの処女王の存在を抜きにして語ることはまず不可能であろう。

さて、それでは彼女は、かよわい?女の身をもって、いかにしてよく国民の偉大なエネルギーを掘り起し、あげてこれを国家興隆の方向に集注させることに成功したのであろうか。彼女のことにふれる場合、いつも言われるのは、前にもちょっと挙げた「スフィンクスの女王」、「神秘の女性」ということである。それはある意味で、もっとも冷徹な計算にもとづく現実主義に裏づけられた政治の魔術師ということであったかもしれない。真の意味でのマキアヴェリズムを実践した君主は、彼女をもって第一人者とするという人もある。

彼女の政治技術の秘密としてよくいわれるものに「不決断《イレゾリューション》」と「空とぼけ《ディシミュレーション》」というのがある。意外な評言に聞えるかもしれぬが、真相はこうだ。つまり決して本心を人につかませないということ。たしかに真実決断に悩むという面もあったが、より多くは、実は深く確たる判断を蔵しながら、外面はあくまで決定的な意志らしいものを見せない。それだけに相手は焦らされる。その間に巧みに情勢を有利に発展させようというのである。彼女のような数奇な生立ちを経験してきた人間にとっては、人心の頼み難さということは、いやほど身にしみて痛感していたに相違ない。それらの体験から、おそらくこの上ないと思える教訓を読みとっていたにちがいない聡明な彼女としては、結局この不決断と空とぼけがもっとも安全で有利な処世法として体得できていたのかもしれぬ。

彼女は、独身ということをさえ、これを内政、外交上に最大限に利用していた形跡がある。いかに男まさりの女だったとはいえ、女らしい感情に不感だったわけではない。寵臣の一人が結婚すると、カンカンに腹を立ててみたり、また他の女が結婚すると、なかなかに妬いた話などもある。それでいて最後までついに処女帝で通した。美人で（詳細は略するが、若いときはまず美人だったといってよい）、見るからに聡明そうで、しかも王位にあるという身分を考えれば、彼女が男性の強い関心を惹いたのは当然であった。現に求愛者として登場するものは、外国国王にも、廷臣貴族の中にも、前後を通じて十人に近いものが数えられる。最後はもちろん拒否であるが、これがまたなびくがごとく、なびかぬがごとく、まことに微妙な応接で相手を悩ませるのである。とりわけ明らかに寵臣と見られた宮廷貴族の中には、前にはレスター伯、のちにはエセックス伯のように、現に秘密結婚をあげたという流説まで相当まことしやかに流れたのもあれば、逆にまた自惚れから身を誤って、最後は断頭台の露と消えたものもいる。考えてみれば、結局は彼女に感情を翻弄されたということになるが、要するに、独身への関心ということを、巧みに外交上の駆けひき、また側近貴族の操縦に利用したきらいが濃厚である。

彼女の少女時代は、前述もしたようにきわめて不幸、孤独であったが、ただ幸いなことに師傅としては当時望みうるかぎりの最高のヒューマニスト学者がつけられた。ロジャー・アスカムなどという師傅が、精根を傾けてこの聡明無比の少女に将来の帝王学を教えこんだ。ギリシャ、ラテンの古典語はもとより、仏、伊、のちにはスペイン語まで、通訳の必要なしに外交折衝がやれるまでにこなした。このことは、しばしば折衝に当った外国使臣をおどろかしている。

政治上の側近顧問には、徹底した少数精鋭主義をとった。また事実、名前は省略するが、実に有能な人材が信任された。しかも面白いことに、彼女は、これら側近に諮問するのにほとんど個々別々にあたるのが常で、会議風に全員を相手にすることはきわめて稀であったという。ということは、集団討議風になれば、おのずから男性顧問たちの意志が結束して強化されるのを警戒したことも一つであり、また個々別々に諮問することによって、巧みに顧問間の競争意識を利用したのだともいわれる。いずれにしても、最後の決定をあくまで彼女自身の手の中に握っておくのが目的であったことは明らかである。

外交政策や経済政策などに触れている余裕はないが、彼女の政策面を代表するものとして、とりあえず対宗教政策だけを一言しておこう。先にも述べたように、エリザベス即位前のイギリスは、新旧両キリスト教の血で血を洗う対立で、国内は完全に「分裂した家」であった。新旧の対立といっても、今日のような様相で考えては大まちがいである。文字通りお互い悪魔呼ばわりをして反目し合い、相手を焚殺することさえ、聖なる神への奉仕として考えられた非寛容の世界であった。その悲惨と矛盾を身をもって知っていたのは彼女であったはずだ。彼女が即位してまず行ったのは、この宗教的非寛容の揚棄であった。父ヘンリー八世の確立した教会に対する国王首長令をさらに強化して、霊俗両界にわたる国王の権威を固めるとともに、宗教論争などにはむしろ超然たる立場をとった。彼女の晩年の発言だが、「ただひとりのキリスト、そしてその信仰があるだけである。あとはすべてくだらんことの論争にすぎぬ」という有名な言葉がある。ここまではっきりいわれては宗教論争などおしまいである。一応彼女がケイケンな信徒であったことは認めてもよいが、少くとも狂信からはおよそ遠いものであった。かくて久しぶりにイギリス社会は精神的な安定をえた。

さて、もう枚数も尽きかけたが、知れば知るほど興味のわくのがエリザベスというこの人間像である。陽気で派手好きかと思えば、ときに深い湖を思わせるような孤独感に悩んでいる。「女としての弱さは何一つなかった」と師傅アスカムは述べているが、どうして女らしい迷いも相当に深かったらしい。寵臣などに対してときに非情と思えるほど酷薄なことがあるかと思えば、他方では実に深い思いやりを見せている。そして何よりもおどろくのは人心の機微を見抜いての収攬の妙手である。その現実主義、マキアヴェリズムには、あとから見れば、ずいぶんいやらしいものもあるのだが、それが少しもいやらしく見えず、国民はもとより、外国使臣などからまで好意と尊敬の讃辞を受けているのだから、不思議である。ある外国大使との折衝などでは、ずいぶんきわどいあられもない姿態までちらつかせて、大いに悩ませるような思いきったことまでやってのけている。(その報告の手紙がのこっているのである。)しかも一方では、決して王者の威容を失わなかった。

ひどくエリザベスにこだわったようだが、要するにこの人間らしい矛盾のかたまり——偉大さと、それでいて人間的弱点との同居——まさしくそれはシェイクスピア作品中の典型的な人間像とさえ考えられるのである。人間エリザベスについては、これまでもずいぶんいろんな評価があり、わからん点はいまでも少くない。三十歳以後の彼女は、頭は「卵のようにツルツル禿げ」だったというような珍説まで、つい二、三十年前まで大真面目で考えられていたくらいである。だいぶ個人像にこだわったようであるが、シェイクスピア作品の背景をなす一つの時代相を考える上には、やはりなんとしてもこのエリザベス一世という稀有な性格像を抜きにして語ることはできない。あえて最初の一回をそれに割いた理由である。

## 21

前節では、女王エリザベス一世という興味深い人間像のことを、大急ぎで素描したつもりだが、この女王の治世を中心に、イギリス・ルネサンスがその華々しい開花を見せたことは、これまたご存じの通りである。ところで、シェイクスピア作品の三分の二以上、ほとんど四分の三近くは、このエリザベス女王の在世中に書かれている。してみると、それらの作品の思想的、文化的背景になったのは、明らかにエリザベス朝ルネサンスの精神的雰囲気でなければならないが、実はそれについては、この前の節(10)ですでに一応触れた。例によってまことに無方針、逍遥遊的《ペリパテティック》で恐れ入るのだが、どうも話をすすめる順序として、もう一度その稿の要旨だけを再説させていただきたい。

一言でいえば、エリザベス朝とは、古いものと新しいものとが、実に奇妙に、ときには多くの矛盾さえも含んで、併存していた時代といってよかった。古いものとは、中世からの継承物としての世界観、考え方であり、新しいものとは、いうまでもなく今日ルネサンスの名をもって呼ばれる大胆な人間解放、再発見のそれであった。もちろん考えてみれば当り前の話で、時代思潮の交替などということが、そう簡単に「一夜明くればお正月」といった工合のものでないことは当然なのだが、ただイギリスだけにかぎらず、西欧ルネサンスの場合は、なにしろ一方に中世を支えたキリスト教的世界観という構築物が、千年以上の堅牢さを誇るものであった上に、新しいルネサンスの人間解放が、これまた陶酔的とさえいえるほどの奔放、強烈なものだっただけに、その併存の様相もまたかぎりない豊富さと奇怪きわまる矛盾を孕んでいたということになる。

イギリスについていえば、上は宇宙観から、下は自然観、国家観、人間観にいたるまで、神中心に整然たる階級的秩序が一貫して行われているという考え方が、なお強くのこっていた一方では、すでにマキアヴェリズムの厳しい現実主義や無神論が、あるいは少数インテリの間だけではあったかもしれぬが、とにかく大きな影響をあたえており、まもなくモンテーニュの懐疑主義まで、深い親近感をもって受け入れられるようになるのである。

ここではとりあえずシェイクスピアだけについていうが、この興味深いイギリス・ルネサンスの複雑さ、そして豊富さを、選択的というよりはむしろ包容的に、それこそ「自然に向けられた鏡」のようにうつしているのが、彼の作品ということなのではあるまいか。

だからこそ、前にも長く引用したように、「トロイラスとクレシダ」とか「ヘンリー五世」等々をみると、それぞれ作中人物の口をかりてだが、中世の考え方そのままの階層秩序への讃美、そしてまたその秩序への忠誠の強調があるかと思えば、逆に「ジュリアス・シーザー」のキャシアスなどを見ると、完全に「王侯将相いずくんぞ種あらんや」の思想的持主であり、また「リア王」に出るエドマンドなどになると、嫡出庶出の区別などてんで頭から問題にしていない。徹底して人間性の自然を信じている。フォルスタフにいたっては、完全に戒律無視、徳目以前の自由人、自然児の化け物である。

具体的には前稿で引用した章句を、もう一度読んでいただくよりほかないが、ただ注意すべきは、これらの対立的世界観のそのどちらにも、特に作者シェイクスピアはコミットしている様子はない。むしろエリザベス朝ルネサンスの豊富さ、豊饒さを、そのまま、あるがままに反映していたのがシェイクスピア作品であったといえようか。しかしまたそうしたことを可能ならしめた——言葉をかえていえば、シェイクスピアを第一人者としてのエリザベス朝演劇の盛観、また演劇以外の分野でも、詩におけるエドマンド・スペンサー以下の輩出など、かぎりない多様性の中での豊富さを実現させたものが、処女王エリザベス一世によって率いられたイギリス・ルネサンスの偉観であったと考えていいのではないか。現にシェイクスピア作品をほぼ年代順に考えてみても、あの「夏の夜の夢」、「お気に召すまま」、「ヴェニスの商人」、「十二夜」等々というような、いわゆる浪漫喜劇と呼ばれる独特のジャンルの最高作品が、続々としてすべて書かれたのがこの時期であり、またドタバタ喜劇一歩手前のものとしても、「間ちがいの喜劇」、「じゃじゃ馬馴らし」、「ウィンザーの陽気な女房たち」というような、あんな楽しい豁達無比のものが出たのもこの時期である。フォルスタフの創造については、いまさらいうまでもあるまい。さらにこの時期に、編年史劇十篇のうち九篇までが、ほとんど連続的に書き上げられているということも、見逃してならないはずである。

　さて、ほぼ以上のようなことが、先に⑽で書いたことの要旨だが、ただシェイクスピアは、一六〇三年エリザベスが没してからも、なお十年足らず劇作家生活をつづけている。しかも晩年の作品、そしてその作風については、いろいろ難しい問題がある。いまそれらの問題について深入りすることは困難であるが、ただこれら晩年の作に、それまでの作品に比して、なんの理由か、いちじるしく苦渋の色の濃いことは、なんといっても否定できない。その理由が何であるかということは、それこそ最大の難問なのであるが、ここではそれが多少とも時代的背景と関連なしとは言いきれないかぎりにおいて、以下後期イギリス・ルネサンスの諸相について、簡単に述べておきたいと思う。（断っておくが、筆者はシェイクスピア後期作品にあらわれる暗い影、そして苦渋の跡を、すべて時代相の反映という外発説でかたづけようというのでは毛頭ない。そんな簡単な割切りのできるはずがないからである。だが、逆に関係なしともまた言いきれぬ。その辺のことを承知の上で、読んでいただきたい。)

当然のことながら、処女王エリザベスは継嗣のないままに死んだ。あとはスコットランド王のジェイムズ六世が迎えられて、ジェイムズ一世と名乗った。いわゆるスチュアート王朝のはじまりである。血のつながりということで、やっとなんとかつながるだけのを迎えて、国王にしたのだった。よくある手口である。謡曲「花筐《はながたみ》」などでお馴染みの、わが朝武烈天皇のあと、越前あたりでうろうろしていた人物某を迎えて継体天皇にする話など、その極端な例であろう。

それはそれとして、このジェイムズ一世というのが変っていた。「英国民小史」の著者グリーンなどはひどいことを書いている。「福助頭、舌ッ足らず、刺し子の服、ガタガタの脚、それでいて饒舌、だぼら、そして衒学、臆病——気品というものはさらになかった」と。実はこのジェイムズ一世、なかなかの学者であり、帝王学の著述まであるのだが、一方ではまた悪魔学《デモノロジー》に造詣深いなどというにいたっては、衒学と評されても仕方あるまい。もっとも個人としてなら、変りものくらいですむところだろうが、国王となるとやはり困ることもある。とりわけエリザベスのあとだったからである。

もっとも問題だったのは、彼がいわゆる王権神授説の忠実な信奉者だったことである。もっともこれは、例のフランス王ルイ十四世なども同様で、当時王者間のある意味で流行理論であったかもしれぬが、ジェイムズ一世の有名な発言として、「臣下の身分で国王の行為を私議したり、国王の自由に制限を加えるなどというのは、僭上沙汰である」というような言葉まであるにいたっては、やはりただごとではすまなかった。もともとが人嫌いであった上に、こうした思想まで加わったのでは、議会、ことに下院とは、ことごとに衝突した。手を焼くと解散を命じて、極力議会を開かないことにした。

エリザベスの政治のやり方も、しばしばテューダー・デスポティズム（専制）の名で呼ばれる。だが、ジェイムズのスチュアート・デスポティズムと絶対にちがう点は、エリザベスは議会を通じ、あるいは議会を超えてまで直接に国民と結びついていた。芝居などまで民衆といっしょに楽しんだ。ところが、ジェイムズのそれは、完全に国民を疎外してのそれだった。そこがたいへんにちがう。これでよく行くはずは、まずなかった。後述もするように、もちろんほかにも原因はあったが、社会的雰囲気がまず変ってきた。

「ヴェニスの商人」の冒頭に、アントーニオのセリフとしてこんなのがある。

「実際、なぜこう気がふさぐのか、ぼくにもわからない。クサクサする。君たちも同じだというのか？ どうして取っつかれたのか、どこから生れたのか、まるでわからない。気鬱も気鬱、どれがほんとの自分なのか、それさえわからない」

原因のわからない漠然たる憂鬱、しかも誰もがなんとなく取り憑かれている憂鬱――イギリスの後期ルネサンスで大きく問題になる時代病、憂鬱《メランコリー》症のいわば走りとして、しばしば注目される一節である。「ヴェニスの商人」といえば、一五九〇年代の後半に入ったばかり、いいかえればまだルネサンスの陶酔酣《たけなわ》なりしころに書かれているわけだが、実はその反面に早くもこんな憂鬱の兆候もあらわれているのである。そしてこのころから、演劇的にも、前にも述べたような浪漫喜劇の明るさになんとなく影が射しそめ、さらに世紀の変り目になると、シェイクスピア以外にも、にわかに主人公の憂鬱を主題にした悲劇がふえ出してくる。一々名をあげる暇はないが、「ハムレット」もまたその代表的な一例であった。そして一五九八年ごろには早くも、「黄金時代は去った。鉄の時代もすぎた。鉛の時代だけが残された。どこでも貧乏人が苦しんでおり、どちらを向いても不幸ばかり、『気前』の旦那の死んでからは」というような小唄が流行していたという。

　原因を数え出したらきりがないが、一口でいえば、やはり高度成長のひずみがようやく出かかったとでもいうことだろう。他人事ではないのである。スペインの野望を挫折させて国威はあがり、海外への冒険投資で世界の富はかきあつめていたが、一方では貧富の落差はようやく激しさを加えていた。いわゆる囲い込み《インクロジャー》(地主が大きな土地を柵などで囲い込み、小農民の入会権を奪うこと)がとみにはなはだしくなるのもこの時期だった(十七世紀後半にもっともひどくなる)。また復員兵士の失業問題や戦傷兵士の浮浪化問題も重大化を見せてきた。画期的に厳しい「救貧法《プア・ロー》」が制定されるのが、エリザベスの死ぬ二年前の一六〇一年である。

　もちろん、これらのことは、ジェイムズ一世の責任でもなんでもないが、こうした情勢の中に登場して、しかも上にも述べた通りの彼の政治姿勢だった。時代閉塞の兆は蔽うべくもない。そもそも国王がひとり変ったからといって、そう社会相が一変するなどということはあるはずもないわけだが、そうした表にあらわれた事実の背後に、時代の空気をかぎつけるということになると、やはりおそろしいものであり、それがことに演劇、文学などには微妙に反映されるのである。ことに大きく鳥瞰的に展望するときには、なおさらよくわかるのであり、シェイクスピア晩年の諸作品は、実にこうした時代相変化の中で物されていたと見てよい。

前に伝記を素描したときにも触れたが、一六〇〇年?の「ジュリアス・シーザー」あたりにはじまり、以下四大悲劇、さらに「アントニーとクレオパトラ」などにいたる後期の悲劇が、つねに深刻な人生への疑い、人間への不信らしいものに貫かれていること、また喜劇を書いては、とうてい前期、中期のあの明るい、楽しいシェイクスピアとは同人と思えないような、苦渋にみちた喜劇らしくない喜劇に終っていること（「トロイラスとクレシダ」、「五分と五分」など）、さらに「アテネのタイモン」にいたっては、厭人、人間呪咀がほとんど沸騰点に達していることなどは、いまもってかぎりない謎をのこしている。したがって、その原因をあるいは彼自身の伝記の中の秘密に求めるとか、演劇界における新傾向への追従とか、さらに時代相の影響というのまで含めての外発説とか、解釈はいろいろとなされているが、もちろんどれも決め手とは言えないし、筆者もまたそのどの一つにも、一辺倒的にくみするものでない。

だが、それにしても、そうした時代の大気がおよぼす風化作用が、作家にも、そして作品にも、ぜったいにありえないとはとうてい言えぬ。たとえばエリザベス朝の末年までは、シェイクスピア流の恋の浪漫喜劇が喜劇の主流であったのに反して、十七世紀も、ジェイムズ一世朝になると、にわかに敵手ベン・ジョンソンの喜劇、つまり、社会の腐敗、人間性の醜さを痛烈にやっつける諷刺喜劇が主流として脚光を浴びてくる。そしてベンの人気の絶頂時がくるのである。もちろんシェイクスピアには、直接当代世相への諷刺を主題にしたような作品はない。もちろん部分的にはかなり鋭い諷刺を含んでいるものはあっても、直接に社会諷刺を主題としたものはほとんどないということである。しかもその諷刺も、前にも述べたように、清教徒を諷したとか、人間性そのものの愚かさを対象としたものが多い。これは一五九〇年代の初期というから、もちろんジェイムズ一世の思想とは関係ないが、「サ・トマス・モア」という歴史劇がある。この一部に今日シェイクスピアの自筆と鑑定されている加筆草稿がのこっているのだが、それによると、

王に対し、神は畏怖と正義と
権力と命令権をあたえられた。
そして王には統治の、諸君には臣従の、

義務を課せられたのだ。……神の定め給うた
王に叛くことは、神に叛くことに外ならない。

というような明らかに王権神授説の普及版さえあるくらいである。そこであとは、シェイクスピアのみならず、他の後期ルネサンス期の劇作家をもふくめて、そうした社会相の落したと見られる影を、具体的に多少たどってみたい。

## 22

「オセロ」という芝居がある。いまさら解説するまでもあるまいが、周知のように、イアゴーに謀られた黒人《ムア》将軍オセロが、ありもしない若妻デズデモーナの不貞を疑心暗鬼して、ついにこれを殺してしまうという、いわゆる「嫉妬」の悲劇である。

シェイクスピアの悲劇では、もっともよくまとまった破綻の少い作品だが、それでも、果して主人公はオセロか、イアゴーか？ などという、多少珍妙な話題まで含めて、問題は決してないわけでない。そしてその大きな一つに、悪役イアゴーの動機論というのが昔からある。つまり、なぜイアゴーは、特に大して怨恨の種もありそうにないオセロに対し、ああも執拗に悪意の策謀を働きかけ、最後は破滅に陥れるのか、という心理的不可解さに関してである。無理もない疑問という点もあり、その結果が「無動機の悪」などという有名な批評論議さえ出るほどであった。

もちろん作品全体、とりわけイアゴーの独白などを読んでいくと、動機とおぼしいものは、ある程度はっきり述べられている。たとえば開幕冒頭いきなりのヤリトリを聞くと、旗手のイアゴーは空位になった副官の位置を、長袖流の文弱青年キャシオに見事さらわれてしまったことがわかる。しかも昇進というのが、すべて実力よりもコネで決るというので、「あんなオセロを愛する、なんの俺に義務があるのだ」とイアゴーは強い憤懣を吐き出している。またしばらくすると（第一幕第三場）、「あいつは、俺の寝床の中で俺のつとめをしたとの噂もある」などと独白の中でもらしている。つまり、確証はないが、コキュの嘆き、つまり妻がオセロにつまみ食いされたのではないかという疑惑である。昇進失敗の怨み、妻を寝取られたのではないかという疑惑、いずれもそれは当然復讐の動機でありうる。

だが、なにぶんこの動機らしい言挙げの理由と、それが結果する罪もないデズデモーナ、オセロ両人の破滅という悲劇的結末との間に感じられる、あまりにもひどい不釣合い、アンバランスが、つい動機論についての疑いを生む。そして真の理由はもっとほかにあるのではなかろうか。そこで、たとえばただ悪のために悪をなす、いわば悪の芸術的天才などという解釈さえ出てくるのである。（もっともこの解釈、いま詳論している暇はないが、いちがいに誤りとばかりは言いきれないものもある。）

そんなわけで、不釣合い、アンバランスといえば、確かにそうである。コキュのほうは単に噂にしかすぎないのだし、昇進のほうも、旗手から副官といえば、せいぜい「貧乏少尉」が「やっとこ中尉か大尉」になる程度のみみっちい野心、出世欲であろう。その程度の風聞や挫折で、イアゴーともあろう眼から鼻にでも抜けるような、冷徹で聡明な男が、あの深刻な復讐の悪業を謀むというは、どうも腑に落ちないものが残るのも当然であろう。が、そこにこそ実は、文学、あるいは演劇というものが、その時々の時代相、社会的雰囲気を鏡となって写すという、きわめて興味深い一面が見えるように思うのである。以下、そのことについて、多少読者諸君と一緒に考えてみたい。

文学とか芝居というものは困ったもので、どうも聖人君子の美徳善行を扱ったものよりは、悪徳の描写のほうに精彩がある。ダンテの「神曲」でも、地獄篇は実に面白くて生々しているが、天国篇は正直に言って退屈である。イギリスのある作家などは、おそらくシェイクスピアが「オセロ」を書いているとき、イアゴーには舌なめずりするほど興味がはずんでペンが動いたであろうが、デズデモーナの部分では、ときどき生あくびを我慢しいしい書いていたのではないか、というような皮肉まで述べている。「源氏物語」で、もしあの光君が筆者のような石部金吉金兜だったら、いったいどういうことになったろうか。もしまたあの因縁めいた藤壺との間の罪がなかったら、これもひどく退屈な物語になっていたかもしれないのだ。ところで、いま当面の問題というのは、その文学に現われる悪の動機というのが、それが書かれた時代の社会相と考え合せてみると、ときにきわめて興味ある問題を提出するように思われるのだ。

「オセロ」が書かれ、初演されたのは、ほぼ確実に一六〇四年と考えられる。ここでもう一度前節に書いたことを思い出してもらいたいが、一六〇四年とはエリザベス女王はすでに没し、ジェイムズ一世の治政になり、前稿にも引いた暗い小唄なども流行する。いわばエリザベス朝ルネサンスの豁達な気分はすでに過ぎ、ようやく社会的矛盾や行詰りの目立つ時代閉塞の時期にさしかかっていたということである。そこで悪役イアゴーによるあの深刻な悪行の動機が、あまりにも些細な取るに足らぬものであるという事実は、一つにはまさにこうした時代相の背景の中でも考えられなければならない問題ではなかろうか、というのが以下筆者の「オセロ」解釈の一つの鍵である。

シェイクスピアは、作家活動の初期から中期にかけ、つまりエリザベス朝ルネサンスの最盛においても、十篇に近い悲劇、史悲劇を書いている。「ヘンリー六世」三部作、「リチャード三世」、「リチャード二世」等々である。そしてこれらにも、もちろん有名な悪役は登場する。たとえば典型的なのはリチャード三世であろう。だが、これら悪役の悪行は、悪は悪でも壮大である。リチャード三世でいえば、肉体的にも身分的にもインフェリオリティ・コンプレックスに悩む彼が、王位奪取という野望を賭けての大悪業だった。血が血を呼ぶ残忍な殺しも、すべてはこの大野心を軸に回転した。しかも最後に戦場で身の危険が迫ってくると、その王国さえ敝履のごとく棄ててかえりみない。「馬を引け！　王国くらいくれてやる！」A Kingdom for a horse! という例の有名な絶叫をくりかえす。悪は悪でも壮大である。

シェイクスピアばかりではない。同時代の、そしてシェイクスピア自身明らかに最初は兄事した天才作家マーロウの悲劇にいたっては、その主人公たちは揃いも揃って悪役である。しかも規模を絶した壮大な悪役である。二部作「タンバレン大王」（史上のチムール・レンク）は、荒野の一牧羊者から起って、ヨーロッパ、アジア、アフリカの三大陸にまたがる一大王国の建設を夢みる。そしてその野心の故にこそ、残忍と悪逆のかぎりをつくした殺しを行い、最後はその報いによってみずからも仆れる。同じく「フォースタス博士」の同名の主人公は、限られた人間の埒を越えて、宇宙の秘密を読みとる知恵、知識を求めて、魂を悪魔メフィストフェレスに売り渡す。「マルタ島のユダヤ人」の主人公、高利貸のバラバスは、これまた全世界の富をあつめようとして悪業を重ねてゆく。いずれも悲劇的な死には終るが、野望はかぎりなく雄大である。たしかでもないコキュの嘆きや、「やっとこ大尉」になりそこねての怨みなどという、みみっちい理由では決してない。

ところが、世界征服、宇宙の支配、全世界の富などという雄大な野望の悪役から、たちまち上述のみみっちい怨みの悲劇になったのである。もっともこれが「オセロ」にだけかぎられた特異例ならば、大していうこともない。だが、多少視界を広くして、「オセロ」につづく十数年間に出た頽廃期エリザベス朝演劇をたどっていくと、これはまたイアゴーに類する小身者の野心挫折からくる冷酷無比の悪役が続々として登場する。たとえばシェイクスピアがその創作の筆を折るころから、いわゆる恐怖悲劇と呼ばれる残忍、陰惨な悲劇の流行がはじまって長くつづくのだが、ウェブスター、ターナー、ミドルトン等々というその代表的作家たちは、今日かなりの数の傑作をのこしている。

ところで、ここで言いたいのは、それらの悲劇に出る悪役の問題である。ほんとうならば、いくつか実例を引いて説明したいのだが、そんな紙面もないので信用していただくより仕方がないが、つまり言えば、これらの悪役というのは揃いも揃って小身者である。貴族の家の小役人だの、秘書だの、召使だのと、要するに、いくら忠実に働いていても、それだけではうだつのあがらない人間ばかりである。それら不朽の名悪役の一人（ウェブスター作「白魔」の悪役フラミニオ）の言葉をかりるならば、「主人の馬の側を歩くしがない身分から、なんとかただ足を洗いたいばかりの一心で」とんだおそろしい殺し屋の役を引き受けて、悪鬼のような犯罪をやってしまうのである。悪は同じ悪でも、とてもつい上に述べたマーロウなど、上昇期ルネサンスの悲劇の悪役のような、壮大な悪業などは見られない。まことに暗くてみみっちいのである。（その点、やはりわが文化文政頽廃期の代表的歌舞伎作者であった四世鶴屋南北が得意として描いた悪役、たとえば民谷伊右衛門、立場太平次などを思い出してもらえば、いちばんいいのではあるまいか。）

そこでこうした悪役の性格が、壮大、傲岸なそれから、まことにみみっちい野心へと堕ちていく推移が、シェイクスピアをも含めて、エリザベス朝悲劇わずか半世紀に足りぬ発展と衰退の跡を追っていくだけで、実に歴然と見てとれる。そしてほぼその上昇から下降への転回点になるのが、前にも述べたようにエリザベスの死からジェイムズ一世の即位という時点を前後してなのである。時代相の変化などというものは、そのまま時代の中に生きて一緒に動いているかぎりでは、決してそう目に見えてわかるものではないが、さて一定の時間をおいて歴史として眺めてみると、屢々それは想像以上にはっきりと現われて見えるものである。そしてそのもっとも忠実な反映が、何といっても文学であり、演劇だと思うのだ。

だいぶ難しい話になってしまったから、しばらくシェイクスピアを離れて考えてみたいが、かつて菊池寛に名作「父帰る」という一幕物がある。夫に捨てられて、あと三人の子供をかかえ、仕立物などをしながら、とにかく生き抜いてきた一家に起る一挿話だが、この作に描かれている一家の事情をまとめてみよう。なるほど夫に家出された直後は、生活に困って母子投身心中まではかるが、救われてなんとか新しい生活に踏み出すと、たしかに長男は小学校も出られず、十歳の時から給仕になったり、次男も学用品さえ買えない、等々という苦しみはあるが、少くともこの作の舞台になっているころには、長男は「普通文官いうものの試験が受かっている」し、次男は中学を出て小学校の先生になっている。その娘もすでに嫁入り仕度を楽しみにしていることになっている。つまり大事なことは、その苦労をなめた母親すら、「亭主運は悪かったけど、子供運はええ云われる」と述懐しているほど、裕かではないにしても、少しも暗くはないのである。指定によると、明治四十年頃の地方のある小都会とある。筆者自身にも思い出のある時代であり、父親の出奔こそなかったが、さして変らないわたしたち小市民の家庭をいま思い出してみても、まずはこうした希望のあるよき時代であったように思う。

ところが、一転して敗戦直後である。先代片岡仁左衛門一家の皆殺し事件というのがあった。いまでも鮮かに記憶しているが、犯人は使用人の男衆だった。当時新聞の伝えたところによると、なんでも仁左衛門の妻女がひどいしまり屋で、乏しい配給米の中から男衆の分を、いゝいゝしゃもじでいくつか分ずつピンはねをしていたのだそうである。その怨みが積っての残虐行為だったとあった。おそらく今日ならとうてい考えられないことだろう。だが、あの敗戦直後の食糧難時代を思い出してみると、このしゃもじ一つの米の怨みにも十分理解できるものがあるのである。

さらにもう一つ、こんなこともあった。昭和初年、あの満州事変直前の不景気時代であるが、印象が深くて憶えているが、東京近県のある村でこんな事件があった。ある男の家に突然知らぬ男の名前で、まんじゅうの小包がとどいた。不審に思っていろいろ調べてみると、これが毒入りだった。さっそく警察の手が動いて捜査してみると、犯人はあっけなく挙がった。同じ村の男だった。ところが、動機を調べてみるとこうである。犯人はこのところ長く失業していたが、たまたま村の小学校の小使に空ができた。さっそく十何人かの競争者と一緒に就職運動をしてみたが、結果は落ちた。しかもある男が事情を話してくれたところによると、嘘か真実か、採用に決った男のすぐ次の補欠ということで、もしその男がなにかの都合で就職を取消すということにでもなれば、かわりはきっとお前だという。浅墓といえば浅墓だろうが、追いつめられたこの失職男は考えた——そうだ、もしその男さえいなければ……そしてその結果が、上述もした、まるで子供だましの毒まんじゅう送りつけ事件になったのである。

なぜこんな小事件を筆者は憶えているのか？　このあまりにもいじましい動機と、それが結果した、とにかく毒殺未遂という犯罪とのアンバランスが、あまりにも痛々しく思えたからである。

ひどく余談が長くなってしまったから本題にもどすが、文学の世界といわず、すべて社会悪、犯罪の動機とその結果する行為との相関関係に、筆者は妙に深い関心がある。つまり、そこにこそ社会相、時代相の反映がもっともよく現われていると信じるからである。大学の卒業免状が、「末は博士か大臣か」であった明治期から、「不渡手形」にまで下落した昭和初期の一時代まで、こんな流行語一つにも、筆者はずいぶん大きな意味が含まれているように思うのである。

そこでふたたびシェイクスピアにもどる。王国など馬一頭ほどにも値しなかった「リチヤード三世」の傲岸な悪役ぶりから、「やっとこ大尉」になりそこねてのイアゴーの執拗冷酷な悪業への変化、そこにも明らかに時代相の変化が、まるで鏡に映したように映されているような気がするのである。もちろん「オセロ」を、時代を超えた普遍相の悲劇として、イアゴーの悪の動機を考察するのも、一つの行き方にはちがいないが、必ずしもそうした「永遠の相の下において」見るだけでなく、これをイギリス・ルネサンス、言葉をかえていえば、エリザベス朝という特定の時代の中に泳がせてみることも、そこにはおのずからまた別の興趣が湧くのである。前節で筆者は、女王一代がイギリス・ルネサンスの消長であることについて概観的に述べた。本稿では同じことを、イアゴーの悪という、もっと具体的な、もっと特定の問題を通して考えてみたかったのである。

(なお枚数もなくて割愛したが、同じことは喜劇についてもいえるようである。「夏の夜の夢」、「お気に召すまま」等々、シェイクスピア初期のあの朗らかな愛の浪漫喜劇の時代から、同じ作者後半期の苦渋に充ちた難しい喜劇、あるいはジョンソンの痛烈な社会諷刺喜劇が代って次々と大当りをとるところなど、これも時代相の移りと決して無関係ではないように思えるのだ。)

# 23

　まる二年、ずいぶん長々と連載させていただいたが、ちょうど十二月で限りもいいので、この辺でひとまず打ち切らせてもらうことにする。が、ふりかえってみると、ひどい逍遥遊《ペリパテティック》で、果して題名通りの意図が達せられたかどうかということになると、われながら心細い点もないではない。なにしろ書き出しのときは四カ月連載、それも十枚ずつというこことだったのが、にわかに不定期、無期限というような形になってしまったので、最初から全体の構想や骨骼をほぼ立てて、それによって書いてゆくなどということは、完全にできなくなってしまった。もともとそう学問的な抱負などあって出発したものでなかったのをいいことにして、その点ルースな構成ということに甘えかかったきらいもたしかにある。ただ終りにあたって一言いっておきたいのは、いわゆるシェイクスピア学などというこちたいものからはひどく遠い通俗談であったかもしれぬが、わたしなりには、故池田首相ではないが、ウソや背伸びは一つも書かなかったということである。シェイクスピア学者などから見れば、あるいはまちがっていたり、古くさかったりする内容もあったかもしれぬが、少くともわたしとしては、ほぼ四十五年間、別に誰から強いられるわけでもなく、他人は知らず、ただ面白いというだけでこの作者を愛読しつづけてきた、そのわたしなりの理解をお伝えしたかった——言葉をかえていえば、少しでもたくさんの読者諸氏にシェイクスピアの楽しみを分け合っていただきたかったというにすぎないのである。

もちろん、かくいえばとて、わたしのシェイクスピア理解が、絶対に正しい、絶対に無謬であるなどという自信はもうとうない。つい先日だが、ある放送局のTV番組で「アメリカに見る日本文化」とか題した記録ものを、たまたまひねったチャンネルで見た。例によって、日本式庭園、キモノ、テンプラ、スキヤキ等々、その辺までは別にいうこともないが、つづいて禅の流行、英語俳句の試作ということになると、正直にいって、やはりこだわった。禅がまるで現代ノイローゼの治療法みたいになってみたり、英語単語を十七並べることが俳句だということになると、やはり妙な気持になるのはやむをえないであろう。

だが、考えてみると、だからといってわたしたち日本人が、ああ、あれは禅ではないとか、俳句ではないとか、さかしらぶりの文句をいうのがおかしいので、つまりテンプラ、スキヤキの段階ならしらず、かりにも文化ということになると、言語の壁をこえ、伝統的な感性、習俗、考え方等々といったものを乗りこえて、別の国の風土に移されるということは、決して簡単でないという、それだけのことなのである。だから、もっと呑気な気持で、それがアメリカの禅、新しい英語の短詩型というくらいに取っておけば、それはそれで結構さしつかえないのではないか。それ以上を望むことはまず不可能ということであろう。

ところで、なぜこんな脱線話を持ちだしたかといえば、このテレビを見ながら、すぐとわたしの頭にきたのは、わたしたちの外国文学理解などということも、実体をいえばせいぜいこの程度のものなのではないか、ということだったからである。シェイクスピアにしたところで例外でない。もう何十年も読んでわかったなどといういい気持でいても、案外正体は英語単語を十七並べて俳句でござい程度のものであるかもしれぬ。もちろん、それとは別物だなどと、一応もっともらしい理由を並べて理屈をつけることはできよう。だが、所詮それは自己弁護で、果してどこまで本国人の見るシェイクスピアと同一かということになると、決め手はない。要するに日本人の、それも英語のあまりよくできないわたしの、シェイクスピアというだけのものだったかもしれないのである。

だが、またふたたび考え方をかえるならば、先のアメリカの禅ではないが、それはそれでいいのではないか。日本にとって、いや、わたし自身にとって面白ければ、また教えられるものがあるとすれば、なにもそれが本国人のそれと比較してどうだろうかなどと気がねして、せっかくの面白いものを遠慮することはないのである。たとえば国際シェイクスピア学会への研究発表とでもいうなら別だが、少くとも二年来書いてきたものは、わたし自身のシェイクスピア体験、わたしの中にいるシェイクスピアというだけのもので、英語国民のそれから見ればずいぶん珍妙なものだったかもしれぬ。(が、それも実は厳密にはわからないのである。)だが、わたしにとっては是非もない。わたしはかく読み、かく解し、ずいぶん長い間楽しい思いをさせてもらったというだけにすぎないのである。なにか標準的シェイクスピア解釈を書いてきたとでもいうように取られると、われ人ともに迷惑だから、終るに当ってまず第一にこのことを断っておきたかったのである。

さて以上、ひどく筆者は日本人の、そして筆者自身のシェイクスピアということを強調したようであるが、これもまた妙に夜郎自大のひとりよがりに取ってもらっては困る。あくまで日本人として読む、などということを大きな声で言ったが、それは決して原作、つまり英語の原文で読むシェイクスピアを軽んじて言った意味では決してない。むしろ逆に、いささかキザな言い方になるかもしれぬが、やはりシェイクスピアのほんとうの面白さは、翻訳ではとうてい移しきれぬ。原作を、しかも細かく、綿密に読むこと(もちろん、機会さえあれば、出来不出来は別として、舞台で見ることが大切であるのはいうまでもないが、)でなければならぬと信じている。なるほどそれも、所詮本国人並みにはまいらぬ外国人の英語力で読むより仕方がないのだが、それにしても、翻訳で読むよりは、はるかに生きたハツラツさが伝わってくることはたしかである。

一種の翻訳不信論のようなことにもなったから、あえてこれも一言しておくが、筆者自身も何篇か拙訳を出し、現にいまも例のフォルスタフの出る「ヘンリー四世」第二部を手がけている最中である。あえて少々口幅ったいことをいわせてもらうならば、可能なかぎりの骨は折っているつもりだし、またそう拙劣なというほどの出来でもないつもりである。だが、さればとて筆者の英語力で理解できる範囲の原作の溌剌さ、面白さすら、どこまで移しえたかということになると、わたし自身が一番よく知っているが、まず五割か六割も出しえれば御の字である。もっと正直にいえば、もどかしいまでに情ないというのが実情であろう。原作の詩の美しさが移せぬとか、ダジャレ、言葉の遊びのおかしさが日本語にならぬとか、そんなぜいたくな望みをいっているのではない。もっともっと卑近な原作の味わいさえ、訳しながらほとんど絶望的になる。やはり一、二具体的な例を挙げるとしようか。

たとえば「ハムレット」の幕開きである。これは連載の(8)で詳しく書いたから、あらためてはくりかえさないが、つまり、ホレーシォと二人の歩哨とが、またしても例の亡霊が出たか出ないかを話し合っている個所である。前のときは、原文英語のままで引用しておいたが、実をいえば原文の微妙な段取りを、なんとしても自然な日本語で移す自信がなかったからである。そのときも書いたが、最初マーセラスが、「あのもの」、「あいつ」this thing は今夜もまた現われたかと訊く。そしてそのあと言葉をつづけて、ホレーシォとの亡霊についての問答について報告するのだが、その中で「あのもの」がまず「あのおそろしい見もの」this dreaded sight になり、ついではじめて「あの亡霊」this apparition となる。時間にすればほんの三、四秒のことだが、この微妙な段取りは決して簡単に見のがしていいものではないはずである。詳しくは、面倒ながらもう一度(8)を開いてみていただくよりほかないが、これがいきなり「亡霊はまた出たか?」と底を割ってしまったのでは身もフタもない。「物」がまず「見もの」になり、さらに「亡霊」となっていくところに、おそらくシェイクスピアは、なんでもないようだが、巧みに看客の好奇心を釣りよせて、やがて芝居そのものへの看客の興味をしっかりつかんでしまおうとしたものに相違ない――それがどこまで意識的であったかは別問題として、つまり、すでに円熟期に達した作者の、あるいは無意識的技術であったかもしれないからである。

それはさておき、下手な作者ならいきなりのっけから「亡霊は」とやったかもしれないし、事実シェイクスピアでも初期の習作程度の作品には、いくらでもそれ式の荒っぽさはある。また単に芝居の筋を知るだけなら、こんな苦心などなんにも要るまいが、それでは演劇ではない。お話である。やはりシェイクスピアの微妙な面白さを味わうためには、こんな細かいところまで注意して味わう必要があろうと思うのだ。ところが、さてそれを自然な日本語でそのまま移すとなると、これは実に絶望的になる場合が多い。まさか「おそろしい見もの、光景」ではじまるまいし、それではただの説明になる。

もう一つ、やはり「ハムレット」から引いておこう。通常は第三幕第一場というのに出る例の有名な To be, or not to be ではじまる独白である。むかしからだいたい日本語では「生きるか、死ぬか」になっている。別にこれといったよい代案もないから、別に異論は出さないが、実は決して To die, or not to die でもなければ、To live, or not to live でもないのである。たしかに独白のあとを読むと、彼が死、あるいは自殺について考えていることは事実だが、ここで彼が疑惑、不決断の巌頭に立たされている問題は、決して単純に生死だけの問題ではない。第一には亡霊そのものが果して真に父のそれか、それとも悪魔の見せるまやかしか、それもまだこの段階では決めかねている。しかもかりに真実亡父の霊であったとしたところで、復讐すべきか否かの問題もある。さらに愛するオフィーリアの行動にまで、このところ妙に疑いの影が射している。そのほか彼自身の中にある思索型の人間と行動型の人間との矛盾もすでに感じはじめている。いわばこの時点におけるハムレットの胸中に群がり起る問題は、死生のそれをも含めて、すべてがあれかこれかの疑い、不決断に彼をさいなもうとするものばかりである。そのあれかこれかに錯綜するすべての問題に直面した不決断の心象風景こそ、To be, or not to be であったのである。決して単に「生きるか、死ぬか」だけの問題ではない。

さらにもう一つ見のがしてはならないのは、もともとこの独白は第三幕第一場になって、国王夫妻、ポローニアス等の間でのむしろ事務的なやりとりがまず何十行かある。そしてそこへすっとハムレットがひとり出て、いきなり開口のセリフがこの一行なのである。だが、開口一ばんとはいっても、これは決して演説冒頭の一句ではない。少くともわたしたちは、この登場前、いわば舞台裏でのハムレットからまず想像の中においておかなければならない。つまり、いいかえれば講演者かなにかが登場して、やおら生死の哲学をぶちはじめるのではないのである。この登場以前に、すでに舞台裏でもあれかこれかの切羽つまった疑惑、不決断に思い悩んでいる彼の姿を少くとも想像しなければならない。そのハムレットがすっと出る。そしてその悲痛な心象風景がはじめて声になって看客の耳にとどく。それがこの To be, or not to be なのである。それを考えると、これはなんとしても To be, or not to be でなければならない。To die, or not to die でも、To live, or not to live でも、それでは足りないのである。まことに謎のような表現だが、この象徴的一行こそ、やはりもっとも適切に、端的に、この時点におけるハムレットの心境を要約したものでなければならない。

そんなわけで、実はこれを一時、「ある、あらぬ、それが問題だ」と日本訳にした例もあるのである。が、現在ではまた通常「生きるか、死ぬか」にもどった。おそらく理屈では「ある、あらぬ」もなかなか面白いが、日本語の表現としてはなんとしても異様であり、別に原作を読んでくるとはかぎらない看客に対しては、やはり無理ということになるかもしれぬ。筆者自身も、もし日本訳をするなら、やはり現在のところ「生きるか、死ぬか」にするつもりである。だが、断っておきたいのは、これは決して満足してするのではない。いわば仕方なしにそうするよりほかないのである。たとえばドイツ訳をする場合のように、簡単にSein, oder nicht sein というわけにはまいらない苦しい事情があるのである。つまり、五割か、せいぜい六割しか移せないという所以である。(誰方か、ピタリと過不足なく移せる日本語の表現を教えてくださらないだろうか?)

つまりシェイクスピアの翻訳を手がけている場合、もっとも苦しむのは、いわゆる難句の解釈などではない。実はこうした一見なんでもない部分について、実に情ない思いをするのである。

さて、いささか脱線気味になったから、この辺で本道にもどすが、まことにキザな言い方ではあるが、なんといってもやはりシェイクスピアのたまらない面白さは、原作を、しかも綿密に(といっても、文法屋の綿密さではもちろんない)たどっていったときに、はじめて満喫できる。が、それはまあ万人には無理な注文として、しかし日本訳でも近ごろはずいぶんよくなったとわたしは信じている。だから、それら日本訳でもよい、やはりとにかく綿密に、読者自身が演出家になり、それぞれ役柄の俳優になったつもりで味わっていただきたいのである。シェイクスピア劇の筋だけを知るなどというのは、宝の山にはいって素手でかえるにもひとしい。やはり、綿密に、いわゆる行間を読み分けていくようにさえすれば、おそらくこれほど永久に新しい「近代劇」はない。現代の世界にピチピチと生きているのである。

いつか「オセロ」の一節を引いたり、「ヴェニスの商人」のシャイロックのセリフを関西弁で試訳してみて、その近代性の一端を紹介してみたつもりだが、もちろんそんな末梢的な問題ばかりではない。たとえば、「ヘンリー四世」、とくに第二部で見事に描かれているが、フォルスタフ一味が地方へ新兵の募集に行って、金持の子弟は賄賂をとって免除してやる。貧乏人はどしどし兵隊にする。賄賂のピンはねはする。ありもしない幽霊兵士のリストをつくって官金は横領する。当時の世相の一面の写実でもあったろうが、これを読みながら、最近日本でも問題になった大蔵省官吏の国有地馴れ合い払下げ事件などを考えていると、どうして四百年近くも昔の地球の裏側の世界を描いたものとは思えなくなってくる。とにかくいまの日本の新聞でも一方で読みながら、シェイクスピアを味わうなどというのも一興のはずだ。いかに彼が永久に新しく、永久にハツラツと生きているかがわかるはずである。

では、これで筆を擱きます。長々とご退屈さまでした。

# あとがき

ヒョウタンから駒、という言葉がある。最後の章にも書いたように、本書の成立ちがまったくそれである。一昨年がシェイクスピアの三百五十年忌ということで、雑誌「学鐙」の編集者本庄桂輔さんに頼まれ、はじめは四回の約束で書き出した。「面白さ」というような、いささか真剣味を欠いた題にしたのも、その故にすぎない。ところが、どうした風の吹き廻しか、口説き上手の本庄さんの甘口にのせられて、とうとうまる二年間の連載になってしまったのである。

なにしろそんな事情だから、最初から二年間を見通しての構想などあったわけがない。こんど本にするについて読み返してても、まったくもって「逍遥的《ペリパテティック》」なのに呆れてしまった。よけいな無駄口が入ってみたり、途中海外旅行で脱線してみたり、とにかくあちらへはヨロヨロ、こちらへはヨロヨロ、構成など薬にしたくもないのには、われながら情なくなった。新潮社からの申し出で本になることになり、一度は再構成も考えてみたが、さてそうなると、どこから手をつけてよいかもわからない。ままよと考えているところへ、同社の沼田六平大君からも、いっそそのままもいいでしょうというような、またしても甘口に乗せられて、とにかく若干の補足と語句の訂正だけを加えて送り出すことにした。

本文の中でも書いたように、これはどういう意味ででも専門学者の仕事ではない。筆者も近年はすっかり怠け者になり、とても最近汗牛充棟のシェイクスピア学を追いつくす気力はなかった。若い気鋭の専門学者などから見れば、文字通り老人の繰り言にしかすぎないにきまっている。だが、そういう筆者も、とにかく四十年間はシェイクスピアに親しみ、現にいまも暇があれば彼の作品を反読して感慨にふけるのが、一番に楽しい。研究書を読むのもよいが、とにかく作品そのものを読むのが一番楽しいのである。

またこれも本文で述べたことだが、本国のイギリス人やアメリカ人から見て、筆者が果してシェイクスピアを正しくわかっているかどうかということになると、あまり自信はない。まずは海外での禅ブームの程度だと思ってもらえばよい。つまり、これはあくまでも筆者だけのシェイクスピア如是我観なのである。だが、文学の存在意義などというものは、結局それなのではないか。たとえば詩人バイロンへの評価は、おおむね本国においてよりも、海外の方で高い。だからこそ、あれは外国人の語学力で詩の微妙な味まではわからぬからだ、との本国人の批判もあるが、そんなことをいえばキリがない。筆者のシェイクスピアも、本国人から見ればどうであるかよく知らぬが、とにかくこれはわたしのシェイクスピアなのである。その意味では、別に見栄も背伸びもしなかったつもり。そのかぎりではウソだけはつかなかったつもりである。

さて、以上のような次第。とても世のシェイクスピア学者諸賢のお口に合うはずはなく、またいわゆる書評氏の労に値するような本でもないことを、念のために最後に申し添えておく。

一九六七年三月

著者

# 『シェイクスピアの面白さ』の面白さ

解説
河合祥一郎

「あとがき」にもあるように、本書は一九六四年から翌年にかけて雑誌『学鐙』に連載された中野好夫氏の文を本にまとめたものである。最初四回の予定で書き始めたところ、編集者から延長を求められ、二十三回に膨れ上がったという。ご本人は無計画・無構成と謙遜するが、本書の最大の長所は筆者が自由闊達に語るその名調子にある。思いのままにシェイクスピアを面白がっている様子がよく伝わってくるからこそ説得力があるのだ。「私にとってのシェイクスピアの面白さはこれだ！」とばかり、ズバリズバリと核心を衝いていくその小気味良さ。この本の副題を「中野好夫の面白さ」としてもいいくらいだ。本書がシェイクスピアの饒舌さの指摘から始まるのも、中野氏自身の能弁ぶりと無縁ではなかろう。

それにしても、書かれて半世紀が経つのに、こんなにも読み継がれているシェイクスピア本がほかにあるだろうか。なぜ本書はこれほどまでに多くの人に愛されてきたのか。一つの理由は今述べたように中野氏の名調子にあるが、それと同じぐらい重要なのは、シェイクスピアの面白さとして本書が挙げるポイントが、どれも正鵠《せいこく》を射ている点だ。シェイクスピアは難しいと敬遠してしまう向きに対しては、シェイクスピアであろうと最初は文豪ではなく新進作家だったのだから、肩肘張らずに「当時の人たちが楽しんだのと同じ心でシェイクスピアを見よ」と呼びかける。これが本書の基本姿勢だ。

中野氏はこのことを実にわかりやすく表現する。すなわち、「彼が曠古の文豪だの、その作品が不朽の古典などということを、まず一切念頭から拭い去ってしまうがよい。そして誰か、せいぜい浅草あたりの大衆芝居の座付無名作者が書き下した新作をでも読むような、つもりで読むことである」と言う。「せいぜい浅草あたり」という比喩が威勢のよさと相俟って主張をわかりやすくしている。なるほどシェイクスピアだって、「一つでもつまらん作品を書けば、たちまち忘れ去られる運命をかけて書いていた座付作者の一人にすぎなかった」のだから、今に至る名声などに気をとられずに、面白いのかつまらんのか、当時の芝居好きの市民たちと同様に自分の目でじっくり吟味すればよいのだ。

こうして読者を鼓舞した上で、多くの例を挙げながら実際に講釈が始まるが、始めたら面白いことがあれもこれもあって止まらなくなったという様子が窺えて読む方も楽しくなってしまう。

名場面の解説あり、能や歌舞伎との比較あり、劇場の説明あり、時代背景の解説ありとさまざまな話題が並ぶ。その縦横無尽な書き方は、実は本書が結論として示していくエリザベス朝ルネサンスの複雑さや豊饒さに呼応している。雑多で矛盾を抱えていたエリザベス朝の文化の混沌とした魅力が、本書の構成なき構成によってまさに体現されているのだ。シェイクスピア作品は、そうしたエリザベス朝の複雑さや豊饒さをそのまま「自然に向けられた鏡」のように映していると、中野氏は言う。

本書が最も優れているのはこの点だ。シェイクスピア作品を面白いというのは容易だが、その面白さの根源は「エリザベス朝の時代や思想にある」という最終的な答えを本書は用意しているのである。この点について、シェイクスピア学者なら異口同音に賛同を表明するだろう。

東京帝国大学英文科で中野好夫氏の指導を受けた小津次郎氏が、やがて日本シェイクスピア協会会長となって私のような研究者の卵等に仰っていたのは、「シェイクスピアだけ読んでシェイクスピアがわかったつもりになってはいかん。エリザベス朝演劇の他の作品を全部（全部とまでは仰らなかったかもしれないが）読んでからシェイクスピアを語れ」という叱咤だったが、それこそシェイクスピアの面白さの本質はエリザベス朝時代の文化にあるという理解を示すものだろう。

1968年　著者

さて中野好夫と言えば、木下順二や丸谷才一を教えた先生でもあるから、私などのような二世代も下の若輩者が何か言うのもおこがましいが、何の因果かこうして解説を書かせて頂くことになった以上、シェイクスピア学者としての学術的知見も些《いささ》か書き加えておくのも務めかと思う。

中野氏は本書の冒頭で「いわゆるシェイクスピア学者として書くのでもない」と断り、あとがきでも「あくまでも筆者だけのシェイクスピア如是我観」だと念を押し、「若い気鋭の専門学者などから見れば、文字通り老人の繰り言にしかすぎないにきまっている」とまで記して、学者の目で見てくれるなと警告なさっているので、以下のような注釈は書くべきではないという気もする。それゆえどうか大々先輩の揚げ足取りをしていると誤解しないで頂きたい。むしろシェイクスピア研究が五十年経って進歩したところで、本書に加えるべき注釈は次の八点のみという事実に驚いてほしい。

①一〇七ページにあるシェイクスピアの父親への言及について。ストラットフォード・アポン・エイヴォンの町長まで務めた父親が、町の要職を失い、教会にさえ出席しなくなった理由は、彼がカトリック教徒であったために、カトリック教徒へ課された巨額の罰金に苦しめられて経済的に破綻したからだという説が現在では大きな支持を得ている。失敗ないし怠慢から負債者となったわけではないという理解が一般的だ。

②一〇九ページにある、ロバート・グリーンがシェイクスピアのことを「成上り者のカラス」と揶揄《やゆ》したという記述について。グリーンのこの言及はシェイクスピアではなく、『ヘンリー六世』の問題の台詞を口にした役者エドワード・アレンのことを指すと私は考えている。この点は拙著『シェイクスピアの正体』（新潮文庫）第三章に詳述したので、ご参照頂きたい。

③一一二ページにある「サウサンプトン伯ヘンリー・ロッリー」という表記について。Henry Wriothesley という面倒な綴りだが、現在では「ヘンリー・リズリー」と表記するのが一般的。

④グローブ座が小劇場であったことが何度も強調されているが、グローブ座の収容人数は三千人だったと言われている。現在ロンドンのバンクサイドに再建されたグローブ座でさえ、新しい安全基準のため客を詰め込めないにもかかわらず千四百人収容できる。一六九ページに「せいぜい小さな寄席《よせ》程度」であり「何千人劇場などという大劇場」ではないという記述があるのは、何かの誤解か。

⑤一八六ページにジュリエットの寝室は内舞台にあったという記述がある。確かに五十年前はJ・Q・アダムズらによる議論に基づきそのような理解が一般的だった――一七一ページに掲載されている「地球座内部（復元想像図）」もアダムズ製作のモデルである――のだが、今では内舞台説は見直されている。内舞台はかなり奥まっているので、その

中で演技すると声が客席に届かないのである。二階舞台の下の空間の前に仕切り幕をつけた構造そのものの理解は変わらないが、今では「インナー・ステージ」(内舞台)よりも「ディスカヴァリー・スペース」という呼称が一般的になっており、例えば『ヘンリー四世』でハル王子がカーテンを開けると中でフォールスタッフが寝ているとか、『テンペスト』でカーテンを開けると中でミランダとファーディナンドがチェスをしているのが発見されるとかいうように、中で重要な台詞が発せられない場合に用いられると考えられる。ジュリエットの寝室の場合は、カーテン付きのベッドが舞台中央へ押し出され、内舞台の仕切り幕ではなくベッドのカーテンの開閉によって場面の切り替えが行われたと考えるのが、現在の学界の理解である。

⑥二〇八ページに憂鬱症《メランコリー》を「後期ルネサンスで大きく問題になる時代病」としているが、メランコリーは十六世紀後半から流行している。当時かなり影響のあったティモシー・ブライト著『メランコリー論』は一五八六年に刊行されている。

⑦二一五ページに『オセロー』のイアーゴーの昇進について「旗手から副官といえば、せいぜい『貧乏少尉』が『やっとこ中尉か大尉』になる程度のみみっちい野心」だという記述があるが、ここで問題となっているのは、戦場で功績があったイアーゴーではなく戦場に出たこともないキャシオーが昇進するという社会矛盾である。階級差から実戦未経験者が軍隊で高い立場につくことが当時大きな社会問題となっていた。イアーゴーにはそう

した社会的不満の代弁者としての役割も与えられているのである。

⑧二一七ページにリチャード三世の有名な台詞「馬を引け！　王国くらいくれてやる！」の英訳が記されているが、正しくはMy kingdom for a horse! である。

以上、気付いた点を少々列挙したが、いずれも本書の面白さを些かも揺るがすものではない。あくまで、五十年経ってアップデートすべき点があったとしてもこの程度、と示すためのものとご理解頂きたい。

本書の最後で、「なんといってもやはりシェイクスピアのたまらない面白さ」は原作を綿密に読むことだとある。確かにシェイクスピア作品は読み込むほどに面白さが増す。締め括りとして重要な点だ。因みに「日本訳でも近ごろはずいぶんよくなったとわたしは信じている」とあるが、この頃はまだ小田島雄志訳もないので、福田恆存訳や三神勲訳でないとすればご自身の訳のことを意識していると思われる。そうした微笑を誘う強気なところも本書の魅力にほかならない。

# 年譜

中野好夫

**一九〇三年**（明治三六年）
八月二日、愛媛県松山市道後町に、伊予鉄道勤務の中野容次郎・しんの長男として生まれる。

**一九〇四年**（明治三七年）　一歳
一〇月、父の徳島鉄道への転任により、徳島市に移住する。

**一九〇九年**（明治四二年）　六歳
この頃、父がキリスト教へ回心し、その影響で小児洗礼を受け、中学時代に信仰の告白をする。

**一九一〇年**（明治四三年）　七歳
徳島市寺島尋常小学校に入学。

**一九一六年**（大正五年）　一三歳
徳島県立徳島中学校に入学。

**一九二〇年**（大正九年）　一七歳
旧制第三高等学校文科甲類に入学。野球部に入りスポーツに熱中、三年生の時文科志望を決心。

**一九二三年**（大正一二年）　二〇歳
東京帝国大学文学部英文学科に入学。関東大震災の後、キリスト教会と絶縁する。

**一九二六年**（大正一五年・昭和元年）　二三歳
東京帝国大学文学部を卒業、千葉県成田山新勝寺経営の成田中学校の英語教師となる。

**一九二八年**（昭和三年）　二五歳

東京・郁文館中学に就職。この頃、『演劇改造』の同人となり、劇作、劇評の筆をとる。
**一九二九年**（昭和四年）二六歳
二月、「此頃の演劇雑誌」を『文芸都市』に発表。
**一九三〇年**（昭和五年）二七歳
二月、土井晩翠の娘信《のぶ》と結婚。牧師高倉徳太郎を敬慕して、再びキリスト教に近接する。
**一九三一年**（昭和六年）二八歳
一〇月、翻訳「批評論」（F・L・ルーカス）を研究社刊『文学論パンフレット2』に収録、これが処女出版となる。
**一九三三年**（昭和八年）三〇歳
一二月、翻訳「ボードレエル」（T・S・エリオット）を『文学』に発表。
**一九三四年**（昭和九年）三一歳
七月、最初の単行本『バニヤン』（英米文学評伝叢書12）を研究社より刊行。九月、「漱石と英文学」を『浪漫古典』に発表。一二月、東京女子高等師範学校教授となる。高倉徳太郎死去のためキリスト教を離脱する。
**一九三五年**（昭和一〇年）三二歳
七月、東京帝国大学文学部助教授となる。一二月、「行動心理説と文学」を『改造』に発表。この頃からジャーナリズムに文学批評を書きだす。
**一九三八年**（昭和一三年）三五歳
四月より九月まで、『英語青年』に演劇論を連載、のち『エリザベス朝演劇講話』（一九四七年、新月社）として刊行。
**一九三九年**（昭和一四年）三六歳
三月、「バイロン雑稾」を『新潮』に発表。
**一九四〇年**（昭和一五年）三七歳
九月、岩波新書『アラビアのロレンス』を刊行。一二月、妻信が死去。
**一九四二年**（昭和一七年）三九歳
六月、中村勝麻呂次女静《しず》と結婚。「エリザベス朝劇場と歌舞伎劇場」を『演劇』に発表。

一二月、父容次郎死去。

**一九四三年**（昭和一八年）四〇歳

一月、最初の評論集『文学試論集』を中央公論社より刊行。一二月、「森鷗外」を『文学界』に掲載（翌年一月と二回）。

**一九四四年**（昭和一九年）四一歳

空襲で近隣に爆弾が落下するが、東京にとどまり、敗戦を迎える。

**一九四五年**（昭和二〇年）四二歳

一一月、「文化再建の首途に」を『新生活』に発表。

**一九四六年**（昭和二一年）四三歳

三月、「諷刺文学序説」を『文芸』に発表。

**一九四七年**（昭和二二年）四四歳

二月、「ルネサンス人シェイクスピア」を『改造』に発表。

**一九四八年**（昭和二三年）四五歳

一月、東京大学文学部教授となる。同月、母しん死去。一〇月、戦没学生手記『はるかなる山河に』の出版記念講演会での講演を巻頭に収めた『怒りの花束』を海口書店より刊行。

**一九四九年**（昭和二四年）四六歳

一月、「戦争と平和に関する日本の科学者の声明」を起草委員の一人として作成、『世界』三月号に掲載される。

**一九五〇年**（昭和二五年）四七歳

一二月、翻訳『人間の絆』（モーム選集）上巻を三笠書房より刊行、翌年中巻を、その翌年下巻をそれぞれ刊行する。

**一九五一年**（昭和二六年）四八歳

この年より一九五二年まで、日本英文学会の会長をつとめる。

**一九五二年**（昭和二七年）四九歳

三月、『私の平和論』を要書房より刊行。

**一九五三年**（昭和二八年）五〇歳

一月、「悲喜劇役者ラッサール」を『新潮』に連載（一二月完結）。三月、大学のあり方に対する不満と大学教授の経済的不遇を表明し、東大教授を辞任、世論に波紋を投げる。九月、「人間の名において」を『平和』に発表。この年より一九五六年まで『平和』の編集責任者となる。

**一九五四年**（昭和二九年）　五一歳

この年初め渡米。二月、『世界史の十二の出来事』（一時間文庫）を新潮社より刊行。八月より翌年一月まで南米、ラテン・アメリカを経て、ヨーロッパを旅行。

**一九五七年**（昭和三二年）　五四歳

三月、五月、翻訳『十七度線の北――ヴェトナムの戦争と平和（上・下）』（W・G・バーチェット。岩波新書）を刊行。

**一九五八年**（昭和三三年）　五五歳

三月、「民の声の審判」を『世界』に発表。四月、フィリピンに旅行する。四月、五月、「漱石とその門下生」を『新潮』に発表。一〇月、東京女子大学講師を辞す。

**一九五九年**（昭和三四年）　五六歳

一二月、時評集『問題と視点』を角川書店より刊行。

**一九六〇年**（昭和三五年）　五七歳

一月、〈沖縄資料センター〉を東京で設立。四月、マレーシアに旅行する。五月、「近代日本と外国文学」を『文学』に発表。

**一九六一年**（昭和三六年）　五八歳

三月、「日本人の憲法意識」を『憲法を生かすもの』（共著・憲法問題研究会編・岩波新書）に収録。九月より翌年六月まで、アメリカ、スタンフォード大学の日本文学客員教授となる。

**一九六四年**（昭和三九年）　六一歳

四月、中央大学文学部教授となる。「人間の死にかた」を『新潮』に連載、翌年六月完結。

**一九六五年**（昭和四〇年）　六二歳

六月、『沖縄問題二十年』（岩波新書、新崎盛

暉と共著）を刊行。七月末から八月にわたってソビエトを旅行。
**一九六六年**（昭和四一年）六三歳
二月、インドネシア、カンボジアを旅行。一一月、翻訳『チャップリン自伝』を新潮社より刊行。
**一九六七年**（昭和四二年）六四歳
二月、日本マスコミ市民会議の常任理事となる。〈明るい革新都政をつくる会〉のメンバーとして、同年四月の美濃部革新都政誕生に力を尽す。五月、新潮選書『シェイクスピアの面白さ』を刊行。一〇月、同書により第二一回毎日出版文化賞を受ける。
**一九六八年**（昭和四三年）六五歳
三月、中央大学教授を辞任。一〇月、「英文学夜ばなし」を『学鐙』に連載（一九七一年四月完結）。「蘆花徳冨健次郎」を『展望』に連載（一九七一年四月まで。続編は、同年一〇月より連載、一九七四年五月完結）。「蘆花探訪拾遺」を『文学』に連載（一九七三年七月完結）。
**一九六九年**（昭和四四年）六六歳
二月二〇日から三月一〇日まで沖縄に滞在、沖縄本島、宮古島、八重山の各地で講演する。六月、岩波新書『スウィフト考』を刊行。新潮選書『人間の死にかた』を刊行。一一月、『「沖縄」戦後資料』の代表編者となり、日本評論社より刊行。
**一九七〇年**（昭和四五年）六七歳
三月、四月、「日米共同声明と『沖縄返還』」を『世界』に連載。八月、岩波新書『沖縄・70年前後』（新崎盛暉と共著）を刊行。
**一九七一年**（昭和四六年）六八歳
四月、東京女子大学大学院講師となる。七月末から八月初旬まで沖縄に滞在。
**一九七二年**（昭和四七年）六九歳
三月、『沖縄と私』を時事通信社より、『蘆花徳冨健次郎（第一部）』を筑摩書房より刊行。五月一一日、「五月十五日以後――沖縄返還をめぐって」を『朝日新聞』に発表。九月、『蘆花徳冨健次郎（第二部）』を筑摩書房より刊行。
**一九七三年**（昭和四八年）　七〇歳
一〇月、「最小限の感想――金大中氏事件を考える」を『世界』に発表。
**一九七四年**（昭和四九年）　七一歳
九月、『蘆花徳冨健次郎（第三部）』を筑摩書房より刊行、完結。一〇月、同三部作により第一回大佛次郎賞を受ける。
**一九七六年**（昭和五一年）　七三歳
五月一六日から六月六日まで、「死について」を『サンデー毎日』に連載。一一月、翻訳『ローマ帝国衰亡史Ⅰ』（エドワード・ギボン）を筑摩書房より刊行。一二月、『風前雨後』を毎日新聞社より刊行。
**一九七七年**（昭和五二年）　七四歳
一月より一二月まで、『朝日新聞』に毎月〈論壇時評〉を執筆。一一月九日、「比嘉春潮氏との別れ」を『沖縄タイムス』に発表。
**一九七八年**（昭和五三年）　七五歳
五月、翻訳『ローマ帝国衰亡史Ⅱ』を筑摩書房より刊行。九月、第一四回琉球新報賞を受ける。
**一九七九年**（昭和五四年）　七六歳
六月、「小国主義の系譜」の題で、那覇市にて開かれた日本平和学会で講演する。九月、『酸っぱい葡萄』をみすず書房より刊行。
**一九八〇年**（昭和五五年）　七七歳
一月、「いまこそ対韓政策に転換を」（共同報告）を『世界』に連名で発表。九月、「司馬江漢雑考」を『新潮』に連載（一九八三年八月完結）。
**一九八一年**（昭和五六年）　七八歳
九月、翻訳『ローマ帝国衰亡史Ⅲ』を筑摩書房より刊行。一一月、「第二回国連軍縮特別総会に核兵器完全禁止と軍縮を要請する国民運動推進連絡会議」の呼びかけ人となり、翌年にかけて反核、軍縮のための三千万人署名運動に努める。一二月、奄美大島から沖縄にいたる「琉球弧」の旅をする。

**一九八二年**（昭和五七年）　七九歳

三月、中野好夫記念文庫『沖縄資料センター目録』を法政大学沖縄文化研究所より刊行。六月、『人は獣に及ばず』をみすず書房より刊行。

**一九八三年**（昭和五八年）　八〇歳

一月、「著作と実践を通しての平和と民主化への貢献」により一九八二年度朝日賞を受賞。

**一九八四年**（昭和五九年）　八一歳

一月、『中野好夫集』（全一一巻）を筑摩書房より刊行開始。八月、東大病院に入院、直腸ポリープの手術を受ける。

**一九八五年**（昭和六〇年）

一月一四日、東京・新宿石川病院に再び入院。二月二〇日未明、死去。八月、『中野好夫集』全一一巻完結。一〇月、翻訳『ローマ帝国衰亡史Ⅳ』が朱牟田夏雄翻訳協力により筑摩書房より刊行される。

＊本年譜は、『風前雨後』の単行本巻末年譜をもとにその後の事項を加えて再編した。補足にあたっては、『沖縄文化研究12』所収の「年譜」（我部政男・小宮正弘編）を参照した。

（作成・編集部）

# 著書目録

中野好夫

【単行本】

バニヤン（英米文学評伝叢書12）　'34・7　研究社
アラビアのロレンス（岩波新書）　'40・9　岩波書店
文学試論集　'43・1　中央公論社
反省と出発　'46・10　中央文化社
教養と文化　'47・9　平凡社
エリザベス朝演劇講話　'47・9　新月社
文学試論集2　'47・10　要書房
怒りの花束　'48・10　海口書店
英米文学論　'48・10　酣灯社
南極のスコット（梟文庫14）　'49・8　小山書店
文学の常識　'51・3　要書房
良識と寛容（市民文庫）　'51・7　河出書房
私の平和論　'52・3　要書房
文学試論集3　'52・8　東京大学出版会
世界史の十二の出来事（一時間文庫）　'54・2　新潮社
人間の名において　'54・7　東京大学出版会
私の消極哲学　'56・5　中央公論社
ぼらのへそ　'57・6　弥生書房
平和と良識　'57・10　実業之日本社

問題と視点 '59・12 角川書店
最後の沖縄県知事 '61・12 文芸春秋新社
人間うらおもて '62・1 新潮社
沖縄問題二十年＊（岩波新書） '65・6 岩波書店
私の憲法勉強（講談社現代新書） '65・9 講談社
シェイクスピアの面白さ（新潮選書） '67・5 新潮社
スウィフト考（岩波新書） '69・6 岩波書店
人間の死にかた（新潮選書） '69・6 新潮社
沖縄・70年前後＊（岩波新書） '70・8 岩波書店
英文学夜ばなし（新潮選書） '71・12 新潮社
沖縄と私 '72・3 時事通信社
蘆花徳冨健次郎（第一部） '72・3 筑摩書房
蘆花徳冨健次郎（第二部） '72・9 筑摩書房
忘れえぬ日本人 '73・7 筑摩書房
蘆花徳冨健次郎（第三部） '74・9 筑摩書房
歴史の中の肖像画 '74・10 筑摩書房
沖縄戦後史＊（岩波新書） '76・10 岩波書店
文学・人間・社会 '76・11 文芸春秋
風前雨後 '76・12 毎日新聞社
酸っぱい葡萄 '79・9 みすず書房
人は獣に及ばず '82・6 みすず書房
主人公のいない自伝 '85・7 筑摩書房
司馬江漢雑考 '86・2 新潮社
伝記文学の面白さ '95・2 岩波書店

【翻訳】

雨・他二篇（S・モーム） '40・1 岩波書店

ガリヴァ旅行記　上下（J・スウィフト）　'40・1　弘文堂
月と六ペンス（S・モーム）　'40・8　中央公論社
闇の奥（J・コンラッド）　'40・9　河出書房新社
ポー選集1＊　'48・5　実業之日本社
ジュリアス・シーザー（シェイクスピア選集1）　'48・6　筑摩書房
ヴェニスの商人（シェイクスピア選集3）　'48・10　筑摩書房
ロミオとジュリエット（シェイクスピア選集2）　'49・9　筑摩書房
人間の絆　上中下（S・モーム）　'50、'51、'52　三笠書房
死よ驕るなかれ＊（J・ガンサー）　'50・7　岩波書店
虹　上中下（D・H・ロレンス）　'51　小山書店
信仰・理性・文明（H・J・ラスキ）　'51・12　岩波書店
救いなき人々（C・イシャウッド）　'52・9　文芸春秋新社
自負と偏見（J・オースティン）　'60　筑摩書房
二都物語＊（C・ディケンズ）　'61　河出書房新社
デイヴィッド・コパフィールド　I〜III（C・ディケンズ）　'63　新潮社
アラビアのロレンス＊（R・ペイン）　'63・12　筑摩書房
チャップリン自伝　'66・11　新潮社
かみそりの刃（S・モーム）　'70・6　講談社
世界文学序説（A・ゲラール）　'74・4　筑摩書房

ローマ帝国衰亡史 Ⅰ〜Ⅳ（E・ギボン） '76・11、'78・5、'81・9、'85・10 筑摩書房

【全集】

中野好夫集 全11巻 '84・1〜'85・8 筑摩書房

現代日本評論選12＊ '54・8 筑摩書房

現代随想全集20＊ '54・10 創元社

現代知性全集19 '59・4 日本書房

新選現代日本文学全集36＊ '59・12 筑摩書房

日本現代文学全集93＊ '68・4 講談社

現代日本文学大系74＊ '72・9 筑摩書房

現代の随想25 '83・6 弥生書房

原則として編著・再刊本等は入れなかった。／＊は共著・共訳を示す。／【翻訳】は同一作品が各種全集・文庫に重複収録されているが、本目録では主な作品の初訳のみにとどめた。

（作成・編集部）

本書は、新潮選書『シェイクスピアの面白さ』（一九六七年、新潮社刊）を底本とし、明らかな誤りは正し、多少ルビを調整しました。なお作中にある表現で、今日から見れば明らかに不適切なものもありますが、作品の発表された時代背景、文学的価値などを考慮し、そのままとしました。よろしくご理解のほどお願いいたします。

シェイクスピアの面白《おもしろ》さ

中《なか》野《の》好《よし》夫《お》

二〇一七年一〇月一〇日第一刷発行

発行者――鈴木 哲

発行所――株式会社 講談社

東京都文京区音羽2・12・21 〒112-8001

電話 編集（03）5395・3513

販売（03）5395・5817

業務（03）5395・3615

デザイン――菊地信義

印刷――豊国印刷株式会社

製本――株式会社国宝社

本文データ制作――講談社デジタル製作



定価はカバーに表示してあります。



ISBN978-4-06-290362-2

講談社
文芸文庫

多和田葉子
# 変身のためのオピウム／球形時間
解説＝阿部公彦　年譜＝谷口幸代

ローマ神話の女達と〃わたし〃の断章「変身のためのオピウム」。少年少女の日常が突然変貌をとげる「球形時間」。魔術的な散文で緻密に練り上げられた傑作二篇。

978-4-06-290361-5
たAC4

中野好夫
# シェイクスピアの面白さ
解説＝河合祥一郎　年譜＝編集部

人間心理の裏の裏まで読み切った作劇から稀代の女王エリザベス一世の生い立ちと世相まで、シェイクスピアの謎に満ちた生涯と芝居の魅力を書き尽くした名随筆。

978-4-06-290362-2
なC2